プレイバック

レイモンド・チャンドラー

JN089848

私立探偵マーロウはある弁護士から駅に着くひとりの女を尾行し、その宿泊先を報告せよと依頼される。目的は知らされぬまま……。彼は列車から降りたった女を尾行するが、彼女は男につきまとわれ、どうやら脅されているらしい。ホテルにチェックインした女は、そこでも男につきまとわれていた。マーロウは依頼主の意思とは無関係に女の秘密をさぐろうと接触する。すると彼女は夜中に、バルコニーに男の死体があると助けを求めてきたが、マーロウが行くと死体は消えていた。何が起きたのか？　この女は何者なのか？　チャンドラーの実質的遺作！

登場人物

フィリップ・マーロウ……………………ロスアンジェルスの私立探偵
クライド・アムニー……………………弁護士、マーロウの依頼人
ヘレン・ヴァーミリア……………………アムニーの秘書
エリノア・キング……………………マーロウが追跡することになった女性
ベティ（エリザベス）・メイフィールド……エリノアの別名
ラリー・ミッチェル……………………ベティ・メイフィールドをつけまわす男
クラーク・ブランドン……………………〈ランチョ・デスカンサード〉のオーナー
ジャック……………………同ホテルのフロント係
ルシール……………………同ホテルの電話交換手
ジャヴォネン……………………同ホテルの副支配人兼警備責任者
ヘンリー・クラレンドン四世……………同ホテルの長期滞在客
ロス・ゴーブル……………………カンザスシティの私立探偵
アレッサンドロ……………………エスメラルダ警察署の警部
リンダ・ローリング……………………富豪の娘

プレイバック

レイモンド・チャンドラー
田 口 俊 樹 訳

創元推理文庫

PLAYBACK

by

Raymond Chandler

1958

プレイバック

ジーンとヘルガに

1

電話の声は甲高《かんだか》く、有無を言わせぬ声音《こわね》だった。ただ、何を言っているのか、よく聞き取れなかった——それはひとつには起き抜けだったのと、もうひとつ、受話器を逆さまに持っていたせいだ。私はもたもたと持ち替え、ぼそぼそと声を出した。

「聞こえなかったのか？　弁護士のクライド・アムニーだと言ったんだ」

「弁護士のクライド・アムニー。弁護士はもう間に合ってると思ってたもんでね」

「きみがマーロウだな？」

「そう、そのようだね」私は腕時計を見た。午前六時半。私にとってベストな時間帯とは言いがたい。

「生意気な口を利くんじゃない、若いの」

「それは悪かった。だけど、ミスター・アムニー、私はもう若くはないよ。私は年寄りで、疲れていて、コーヒーもまだ飲んでない。いったいどういうご用件なんでございましょうや、弁護士の先生？」

「これから駅に行って、八時着のスーパーチーフ号が到着したら、乗客の中からひとりの女性を見つけて、その女性がどこに宿泊するか見届けてほしい。それができたら私に報告してくれ。わかったかな？」

「いや」

「なんだと？」アムニーの語気が鋭くなった。

「この依頼を受けていいものかどうか私にはわからない」

「私はクライド・アム――」

「それはもう聞いたよ」と私は彼のことばをさえぎって言った。「もしかしたらちょっと神経質になっているのかもしれないけれど、基本的な事実を教えてほしい。もしかしたらほかの探偵のほうがこの仕事には向いてるかもしれないんでね。私はＦＢＩの捜査官だったことはないんで」

「そういうことか。私の秘書のミス・ヴァーミリアが今から三十分後にきみのオフィスに行く。必要な情報は彼女から聞いてくれ。彼女はきわめて有能だ。きみも同じくらい有能であることを祈ってる」

「私のほうは朝食を食べたらもっと有能になるんで、秘書はこっちに寄こしてもらえないかな?」

「こっちというのはどこのことだ?」

私はユッカ通りの自宅の住所を伝え、家の見つけ方も教えた。

「秘書を行かせるのはいいが」とアムニーはむっつりと言った。「ひとつはっきりさせておきたい。尾行されてることをその女性に悟られてはならない。このことはとても重要だ。実のところ、私はきわめて大きな影響力を持つワシントンの法律事務所の依頼を受けて動いている。ミス・ヴァーミリアからは依頼料の二百五十ドルと必要経費を何ドルか受け取ってくれ。きみがきわめて有能であることを期待している。無駄話はこれで終わりだ」

「最善を尽くすよ、ミスター・アムニー」

彼のほうから電話を切った。私はベッドから這い出て、シャワーを浴びた。三杯目のコーヒーの香りを嗅いでいると呼び鈴が鳴った。

「アムニー弁護士の秘書のミス・ヴァーミリアです」と彼女は名乗った。派手で安っぽい声音だった。

「どうぞ」

なかなか魅力的な女性だった。ベルト付きの白いレインコートを着て、帽子はかぶっておらず、プラチナブロンドの髪はきれいにセットされていた。レインコートにマッチしたブーツを履き、ナイロンの傘をたたんで持っていた。青みがかった灰色の眼で私を見ていた。まるで私が何か卑語でも吐いたかのような眼つきだった。レインコートを脱ぐのを手伝うと、とてもいいにおいがした。判断できるかぎり、見るのが苦痛などとはまちがっても言えない脚をしており、薄くて透明のストッキングを履いていた。私はそんな脚をどちらかと言えば熱心に見つめた。彼女が脚を組んで坐り、火を求め、手にした煙草を私のほうに差し出したときにはことさら。

「クリスチャン・ディオールよ」と彼女は見え透いた私の心を読んで言った。「ほかの香水はつけないの。火をお願い」

「今日は特に濃くつけてる」と私はライターの火をつけて言った。

「朝っぱらから口説《くど》かれるのはそんなに好きじゃないんだけど」

「だったらいつならいいんだね、ミス・ヴァーミリア?」

彼女はユーモアのかけらもない笑みを浮かべると、ハンドバッグからマニラ紙の封筒を取り出してテーブルに放った。「あなたに必要なことはすべてその中にあるわ」

「いや――すべてということはないだろう」

「へらず口はいいから仕事をして。あなたのことは全部わかってるんだから。ミスター・アムニーはどうしてあなたを選んだんだと思う? 実際には彼が選んだんじゃなくて、わたしが選んだんだけど。それよりわたしの脚を見るのはもうやめて」

私は封筒を開けた。中には封をした封筒がはいっていた。それに私に振り出された二枚の小切手。一枚には二百五十ドルと書かれ、〝依頼料、専門業務に対する前渡し金として〟という但し書きがあった。もう一枚の額面は二百ドルで、〝フィリップ・マーロウに対する必要経費〟とあった。

「必要経費については詳しく具体的にわたしに報告してちょうだい」とミス・ヴァーミリアは言った。「お酒は自腹で飲んで」

封をされた封筒は開けなかった、すぐには。「なんにも知らされない案件を私がどうして引き受けるなどとアムニーは思ったんだろう?」

「あなたはきっと引き受ける。こっちは何も妙なことをしてくれって頼んでるんじゃないんだから。そのことは信用してくれていいわ」

「今のそのことば以外にきみから得られるものは?」

「そうね、そういうことについては、雨の降る夜にお酒でも飲みながら話し合ってもいいわ。わたしがそれほど忙しくないときに」

「了解」

私は封筒を開けた。若い女性の写真が一枚はいっていた。くつろいだ自然なポーズを取っていた。それとも写真を撮られることに慣れているのか。もしかしたら赤毛かもしれない黒っぽい髪に秀でた額、真面目そうな眼。高い頬骨、神経質そうな小鼻、何事も簡単にはあきらめない、そう言わんばかりの口元。ぴんと引き延ばされたような、ほとんど張りつめていると言っていい表情で、幸せそうには見えなかった。

「裏返してみて」とミセス・ヴァーミリアは言った。

裏に情報があった。くっきりとタイプされていた。

「氏名―エリノア・キング。身長―五フィート四インチ。年齢―おそらく二十九歳。髪は赤みを帯びた茶色で、濃く、自然なウェーヴがある。姿勢がよく、声は低くて明瞭。身なりはよいが、過度に着飾ることはない。化粧はひかえめ。見えるところに傷痕はない。特徴的な仕種《しぐさ》―部屋にはいるときには頭を動かさずに眼だけ動かす癖がある。緊張すると、右手の手のひらを掻《か》く。左利きだが、それを隠そうとしている。テニスはなかなかの腕前で、泳ぎも飛び込みも巧みである。酒は強い。前科はないが、指紋は登録されている」

「少なくとも留置場に入れられたことはあるということかな？」と私はミス・ヴァーミリアを見上げて言った。

「そこに書かれている以上のことはわたしにはわからない。ただ指示に従って」

「ミスともミセスとも書かれてないんだね、ミス・ヴァーミリア。これほどの別嬪《べっぴん》さんが二十九でまだ一度も結婚をしたことがないとは考えにくい。しかし、結婚指輪や宝石のことはここには書かれていない。何か理由があるんだろうか？」

彼女は自分の腕時計をちらりと見た。「考えたいなら考えごとはユニオン駅でやることね。もうあんまり時間がないわよ」そう言って立ち上がった。私は彼女がレインコートを着るのを手伝ってやり、玄関のドアを開けた。

「自分の車で来たのか?」

「ええ」彼女はドアから半分出かけたところで振り向いた。「あなたに関してひとつ気に入ったところがある。あなたはやたらと体に触ってこない。それに礼儀も心得ている――ある意味では」

「下《げ》の下《げ》のテクニックだよ、やたらと触るなんて」

「あなたに関してひとつ気に入らないところがある。当ててみて」

「すまんが、それは見当もつかないな――この世には私がただ生きているだけで虫酸《むしず》が走るという連中もいるようなんで」

「そんなことを言ったんじゃないわ」

彼女のうしろについて階段を降り、車のドアを開けてやった。安っぽい車だ、キャディラック・フリートウッドなどというのは。彼女は軽く私に一礼した。車は丘をくだっていった。

階段を上がって家に戻り、私は小さな鞄《かばん》に身のまわりのものを詰めた。もしかしたら必要になるかもしれない。

2

することは何もなかった。ほぼいつもそうだが、スーパーチーフ号は定時に到着し、目当ての女性はディナージャケットを着たカンガルーほどにも見つけやすかった。ペーパーバック一冊以外何も持っておらず、そのペーパーバックも最初に見つけたゴミ入れに投げ込んだ。そのあと椅子に腰かけ、床を見つめだした。不幸せな娘。今眼にしているのはそれ以外考えられない。ややあって立ち上がり、売店の本が置かれているところまで行ったが、何も手に取らず、そこを離れると、壁の大時計をちらりと見て、電話ボックスにはいり、ドアを閉めた。そして、電話の投入口にコインをひとつかみ入れて、誰かと電話で話した。その間《かん》いささかも表情を変えなかった。電話ボックスを出ると、マガジンラックのところまで行って、『ニューヨーカー』を選んだ。今度は腕時計に眼をやり、また坐ると、雑誌を読みはじめた。

身なりは白いブラウスにオーダーメイドにちがいないミッドナイト・ブルーのスーツ。サファイア・ブルーの襟ピンをつけている。それはたぶんイヤリングとそろいのものだろう、耳は見えなかったが。髪は黒みがかった赤毛で、全体の印象は写真と変わらなかったが、思ったより少し背が高かった。リボンと短いヴェール付きのダークブルーの帽子に手袋。

ややあって、タクシー乗り場に出る、アーケードの通路を横切ると、左手にあるコーヒーショップを見てから、中央待合室にはいった。そして、ドラッグストア、ニューススタンド、インフォメーション・カウンター、きれいな木のベンチに坐っている人たちを見まわした。切符売り場の窓口は、開いているところもあれば、閉まっているところもあった。いずれにしろ、切符売り場には興味はないようで、また坐って、大時計を見た。右手の手袋をはずして、腕時計の時間合わせをした。宝石のついていないプラチナだけの小さなおもちゃのような時計だった。頭の中で、ミス・ヴァーミリアを彼女の横に置いてみた。エリノア・キングはヤワでもしかつめらしくもなく、上品ぶっているようにも見えなかったが、彼女の横ではミス・ヴァーミリアもただの尻軽女にしか見えなかった。

今回もさほど長くそこに坐っていなかった。立ち上がり、あたりをぶらぶらしはじめた。パティオに出たと思ったらまた屋内に戻り、ドラッグストアにはいり、ペーパーバック・ラックのまえでしばらく足を止めた。これでふたつのことがはっきりした。誰かと待ち合わせしているのだとしても、それは列車の到着時刻に合わせたものではなかった。見るかぎり、乗り継ぎの時間つぶしとしか思えない。コーヒーショップにはいり、天板がプラスティックのテーブルにつくと、そこに置かれていたメニューを眺めてから雑誌を読みはじめた。誰にも出される氷入りの水を入れたグラスとメニューをウェイトレスが持ってきた。彼女は注文した。ウェイトレスは立ち去り、彼女は雑誌を読みつづけた。九時半になろうとしていた。

私はアーケードの通路を抜け、ポーターが客待ちをしているタクシー乗り場まで行ってポーターに尋ねた。「スーパーチーフ号の仕事をしてるのかな？」

「そう、それも仕事のうちだね」ポーターは、さして興味もなさそうに私の手の指にはさまれてゆらゆらしている一ドル札を見て言った。

「ワシントン発サンディエゴ行きの列車に乗った人を待ってるんだが、誰かここで降りなかったかな？」

「乗り継ぎじゃなくて？　荷物も全部ここで降ろしたってことですかい？」

私は黙ってうなずいた。

賢そうな栗色の眼で私を見ながら、ポーターはいっとき考えてから最後に言った。「ひとり降りたよ。旦那の友達はどんな見かけの人？」

私は説明した。俳優のエドワード・アーノルドに似た人だと。ポーターは首を振って言った。

「役には立てないね、旦那。ここで降りた人は全然そんな人じゃなかったよ。だから旦那の友達はまだ列車に乗ってるんじゃないかな。ここからもっと先まで行くのなら降りる必要はないものね。スーパーチーフは七四号列車につながれて、ここを十一時半に出るんだよ。まだその準備はできてないけど」

「ありがとう」と私は言ってポーターに一ドルやった。彼女の荷物はまだ列車に載せられたままだ。それだけわかればいい。

私はコーヒーショップに戻り、ガラス窓越しに中を見た。彼女はコーヒーと渦巻きパンにおざなりに手をつけながら、雑誌を読んでいた。私は電話ボックスのところまで行き、よく知っている自動車修理工場に電話をかけ、午《ひる》まで私から電話がなかったら、誰かを駅に寄こして私の車を移動させ、しばらく預かってくれるよう頼んだ。こういうことはよくあるので、修理工場にスペアキーを置いてあるのだ。そのあと車のところまで行き、中から小ぶりの旅行鞄を取り出し、コインロッカーに入れた。だだっ広い待合室でサンディエゴまでの往復切符を買い、コーヒーショップまで急いで戻った。

彼女はまだ同じテーブルについていた。が、ひとりではなかった。男がテーブルをはさんで向かいに坐っていた。彼女の微笑みぶりと話しぶりを一目見るだけで、彼女が男を知っているのは明らかだった。さらにそのことを残念に思っているのも。男は、ポートワイン色のローファーを履いているところから、ざっくりとしたクリーム色のスポーツジャケットの下に、茶色と黄色のチェックのシャツをネクタイなしで、ボタンを一番上までとめて着ているところまで、徹頭徹尾カリフォルニア人種だった。背は六フィート一インチほどで、すらりとして、自惚《うぬぼ》れの強そうな顔に歯が何本か生えすぎているのではないかと思えるほどにやついており、手にした紙をねじっていた。

ジャケットの胸ポケットから黄色いハンカチがスイセンの小さな花束のように飛び出していた。蒸留水のように混じりけのない明白な事実が見て取れた。彼女は男の同席を嫌がっている。

男はしゃべりつづけ、紙をねじりつづけたあと、最後に肩をすくめ、椅子から立ち上がると、手を伸ばし、指先で彼女の頰を撫でた。彼女は反射的に身を引いた。男はねじっていた紙を広げ、慎重に彼女のまえに置いた。そして、にやにやしながら待った。

実にゆっくりとその紙に向けられた彼女の眼が釘づけになった。彼女の手が動き、その紙を取ろうとした。が、男のほうが速かった。なおもにやにやしながら、男はその紙を胸ポケットにしまった。そのあと別のポケットから、紙にミシン目がついている手帳を取り出し、クリップ付きのペンで何やら書くと、書いた紙を手帳から破り取り、彼女のまえに置いた。これは取ってもかまわないと言わんばかりに。彼女はそれを手に取ると、書かれていることに眼を通し、ハンドバッグにしまった。そこでようやく男に笑みを向けた。そうするにはかなりの努力が要《い》ったにちがいない。男は手を伸ばし、彼女の手を軽く叩いて、テーブルを離れ、店から出た。

そして、電話ボックスにはいってダイアルすると、かなり長いこと話し込んでいた。電話ボックスを出ると、見つけたポーターと一緒にコインロッカーのところまで歩いた。ロッカーからはオイスターホワイトのスーツケースと揃いの小型旅行鞄が出てきた。男はポーターにそれを持たせ、先に立ってドアを抜けると、駐車場に出て、気取ったツートーンのビュイック・ロードマスターを停めたところまで歩いた。この車はコンヴァーティブルのように見せかけてあるが、実際のところ、屋根は開かない。ポーターは背もたれを倒した座席のうしろに荷物を載せ、チップを受け取り、立ち去った。スポーツジャケットと黄色いハンカチの男は車に乗り込むと、バックで出し、サングラスをかけて煙草に火をつけるあいだだけ停車し、そのあと走り去った。私は車のナンバーを書き取り、すぐにまた駅舎に戻った。

そのあとは一時間が三時間にも思われた。彼女はコーヒーショップを出ると、今度は待合室で雑誌を読みはじめた。が、心は雑誌に向かっていなかった。読んだ個所を何度も読み返していた。まったく読んでいないときもあった。雑誌をただ手に持っているだけで、何も見ていないときも。私は夕刊紙の早朝版を掲げ、そのうしろに隠れて彼女を観察した。想像は次々に浮かんだが、確固たる事実はひとつもなかった。ただの時間つぶしをしているだけのことだった。

荷物を持っていたところを見ると、彼女と同じテーブルについていた男も列車に乗っていたのだろう。もしかしたら彼女と同じ列車で同じ車両だったことも考えられる。彼女の態度からして男にまとわりつかれることを嫌がっているのは明らかだ。一方、男の態度は、残念だが、この紙を見れば、きみの気持ちも変わるんじゃないか、とでもいったふうだった。見るかぎり、実際そうなった。同じ列車に乗っていたとしたら、そういうことは列車の中でもっと穏便に起きていてもおかしくないのに、下車後に起きたということは、列車に乗っていたときには、男はその紙をまだ持っていなかった可能性が高い。

そんなことを考えていると、彼女がいきなり立ち上がり、ニューススタンドに向かい、煙草を一箱買って戻ってきた。封を開け、一本に火をつけた。喫煙に慣れていない人のようなぎこちない吸い方だった。それでも吸っているあいだは風情《ふぜい》が変わったように見えた。より派手に、より刺々《とげとげ》しくなった。何かの目的のために、自分をわざと下品に見せようとしているかのようだった。私は壁時計を見た。十時四十七分。さらにあれこれ考えた。

男がねじっていた紙切れは新聞の切り抜きのように見えた。彼女はそれを取り上げようとした。男はそれを許さず、メモ帳の一ページになにやら書き込んだ。彼女はそれを読むと、彼を見て笑みを浮かべた。結論――彼女はこの実に魅力的な男に弱みを握られている。だから笑みを浮かべ、愛想よくするしかなかった。

もうひとつ考えられるのは、列車を降りたあと男はどこかに行った。車か新聞の切り抜きを取りに。なんでもいいが、それはつまりその間《かん》彼女がどこかに行ってしまうことを男は心配していなかったということだ。このことは私の考えの裏づけとなる。男はそれまで自分が隠しているネタのすべてはさらしていなかった。その一部だけ彼女に伝えていた。もしかしたら男としても確信はなかったのかもしれない。それで確認する必要があったのかもしれない。が、切り札を見せた以上、自分の荷物を載せてビュイックで走り去ってもよくなった。もはや彼女を見失う心配はなくなった。ふたりを結びつけているものがなんであれ、それはこのあとも結びつづけるものなのだろう。

十一時五分。私はそこまで考えたことをすべて放り出し、新たな前提を立てて考え直した。が、どこにも行き着けなかった。十一時十分、十一番線に停車中の七四号列車の乗車準備ができたという構内アナウンスがあった。停車駅はサンタ・アナ、オーシャンサイド、デル・マー、サンディエゴ。何人もの人が待合室を出はじめた。その中に彼女もいた。すでに乗車ゲートを通り過ぎている人もけっこういた。私は彼女の行き先を見届けてから、電話ボックスに行き、十セント硬貨を入れ、クライド・アムニーの事務所に電話した。

ミス・ヴァーミリアが出て、自分のところの電話番号だけ告げた。

「マーロウだ。ミスター・アムニーはおいでかな?」

形式ばった声音の答が返ってきた。「申しわけありませんが、アムニー弁護士は只今出廷なさっています。ご伝言を承りましょうか?」

「女を見張っていて、これからサンディエゴ行きの列車に乗る。途中、停まる駅がいくつかあるんで、彼女の行き先はまだわからない」

「ありがとうございます。ほかには？」

「ああ、ある。まず太陽が燦々《さんさん》と照っている。それと、われらが友には逃走している気配などまったくないね、きみと同じくらい。ガラス越しに通路から丸見えのコーヒーショップで朝食をとったあとは、ほかの百五十名の人々と一緒に待合室の椅子に坐ってた。列車に残って人目につかなくしていることもできただろうに」

「了解しました。ありがとうございます。アムニー弁護士にはできるだけ迅速にお伝えします。確かなことはまだ何もわからないということでよろしいですね？」

「いや、ひとつだけ確かなことがある。それはきみたちが私に何か隠しごとをしているということだ」

そのあと彼女の声音ががらりと変わった。それまで誰かがそばにいて、そいつがオフィスを出ていったのだろう。「いいかしら、探偵さん、あなたはわたしたちに雇われてるの。だから黙って仕事をてきぱきやればいいの。ミスター・アムニーはこの街にいっぱい伝《ウオー》手《ター》を持ってる人なの」

「なんでここで水《ウオーター》の話が出てくるんだ、別嬪さん？　水ならいつも生《き》で、ビールのチェイサーと一緒に飲んでる。その気にさせてくれたら、もっと甘い音楽も奏でられるが」

「ちゃんと仕事をすれば、お金がもらえるんでしょ、三文探偵さん？　ちゃんとできなきゃお金はなし。わかった？」

「今のはきみがこれまでに私に言った中で一番素敵なことばだよ、ベイビー。それじゃ」

「いいから聞きなさい、マーロウ」と彼女はちょっと慌てた口調で言った。「あなたにきつく当たったたんじゃないの。この案件はクライド・アムニーにとってとても大切なの。しくじったら、とても大切なコネを失いかねないくらいにね。それが言いたかっただけよ」

「なんであれ、さっきのきみの台詞《せりふ》は大いに気に入ったよ、ヴァーミリア。私の意識下に響いた。また連絡する」

そう言って、私は電話を切ると、乗車ゲートを抜け、スロープを降りた。そして、ロスアンジェルスからヴェンチュラ郡くんだりまで行くくらいの距離を歩いて、十一番線のプラットフォームにたどり着き、列車に乗り込んだ。車内には、使える肺を片方だけなら残してくれそうな心やさしい煙草の煙が漂っていた。私もパイプに煙草を詰めて火をつけ、体によくない空気づくりに貢献した。

列車はゆっくりと動きだし、いつ果てるとも知れない緩慢さで構内を出ると、イースト・ロスアンジェルスの裏手を抜け、それ以降は徐々にスピードを上げ、最初の停車駅サンタ・アナに到着した。彼女は降りなかった。オーシャンサイドでもデル・マーでも降りなかった。終点のサンディエゴに着くと、私は急いで列車を降りてタクシーを確保し、スペイン風の駅舎の外で八分、ポーターが出てくるのを待った。そのあと彼女も出てきた。タクシーには乗らなかった。通りを渡って角を曲がり、〈Uドライヴ・レンタカー〉のオフィスにはいった。かなり経ってから出てきた。見るからにがっかりしていた。運転免許証がなければレンタカーは借りられない。それぐらい初めからわかっていてもよさそうなものを。

今度はタクシーに乗った。タクシーはUターンして北に向かった。私のタクシーも同じことをした。が、すんなりと運転手に追跡をさせることはできなかった。

「そういうの、小説とかに出てくるよね、旦那。だけど、サンディエゴじゃやってないんだよ」

私は五ドル札と四インチ×二・五インチの探偵許可証のコピーを運転手に渡した。運転手はそれをとくと見た。その両方を。それから眼を上げ、道路の先を見て言った。

「わかった。だけど、このことは報告するからね。配車係が警察に届けるかもしれない。ここじゃそういうことになってるんだよ、お客さん」

「まさに私の住むべき市《まち》だね、ここは」と私は言った。「だけど、こんな話をしているうちに見失っちまった。追ってほしいタクシーは二ブロック先の角を左に曲がったぞ」

運転手は私の札入れを返して言った。「左眼は失っちまったかもしれないけど、まだ右眼があるからね。なんのために無線がついてると思ってるんだね?」そう言って、無線機に向かって話しはじめた。

話しながらアッシュ通りを左に曲がり、ハイウェー一〇一号線に乗ると、時速四十マイルでのんびりと走った。私は彼の後頭部をじっと見つめた。

「全然心配は要らないよ、旦那」と運転手は肩越しに言った。「この五ドルは運賃に上乗せしてくれるんだよね？」

「ああ。それよりどうして全然心配要らないんだね？」

「まえの車のお客はエスメラルダに向かってる。ここから十二マイルほど北にある海辺の町に。目的地はそこだよ。途中でハイウェーを降りないかぎり。その場合は無線で連絡がはいる。エスメラルダには〈ランチョ・デスカンサード〉っていうコテージ・スタイルのホテルがある。スペイン語で、〝リラックス〟とか〝楽にする〟とかって意味だ」

「なんだ、だったらわざわざタクシーに乗らなくてもよかったわけだ」

「サーヴィスを受けたけりゃ、そりゃ金を払わなきゃ。食料品だってただじゃ手にはいらない」

「きみはメキシコ人か？」

「うちらは自分のことをそうは呼ばないがね、旦那。スペイン系アメリカ人。おれは生まれも育ちもアメリカだもの。うちらの中にはスペイン語を話せないやつもいるくらいだよ」

「それはとても残念だ《エス・グラン・ラスティマ》」と私は言った。「とても美しいことばなのに《ウナ・レングア・ムチシマ・エルモサ》」

運転手は振り向き、にやりとした。「そのとおりだよ《テイエネ・ウステッド・ラソン》、お客さん《アミーゴ》、おれもまったく同感《エストイ・ムイ・ビエン・デ・アク》だよ《エルド》」

トランス・ビーチまで行き、そこを通り抜け、方向転換をして目的地に向かった。時々、運転手は無線でやりとりをしていた。ややあってまたうしろを振り向くと言った。

「尾《つ》けてるのをばれないようにしたいかね？」

「まえのタクシーの運転手が尾けられてると客に明かしたりはしないだろうか？」

「あいつは尾けられてることも知らないよ。だから訊いたんだよ」

「できたら追い越してさきに着くようにしてくれ。そうしてくれたら、さらに五ドル上乗せするよ」

「お安いご用だ。やつはおれに気づきもしないよ。あとでビールでも飲みながらからかってやろう」

　小さなショッピングセンターを通り抜けると、道幅が広くなり、片側に高級そうで古そうな建物、もう一方の側に高級なところは変わらないが、きわめて新しい建物が続きはじめた。道路がまた狭くなり、制限時速二十五マイルゾーンにはいった。タクシーは右に曲がり、狭い通りをくねくねと進み、一時停止の標識は無視した。どこに向かっているのか私には見当もつかないうちに、気づいたときには渓谷にはいっていた。そこからは細長いビーチの向こうにきらきらと輝く太平洋を眺めることができた。ビーチには金属製の小さな塔の上にライフガードの詰所が二個所あった。渓谷の底で運転手はゲートを抜けようとした。が、そこで私は彼を止めた。緑の地に金の文字で〈エル・ランチョ・デスカンサード〉と書かれた大きな看板が見えた。

「ちょいと姿を消してくれ」と私は言った。「まず確かめたい」

運転手は車の向きを変えてハイウェーに出ると、漆喰塀《しっくいべい》が終わるところまでけっこうなスピードで走り、曲がりくねった狭い道にはいり、その道をはさんでホテルと反対側に車を停めた。幹がふたつに分かれたユーカリの木の葉が茂る木陰に。私はタクシーを降りると、サングラスをかけ、ハイウェーまでぶらぶらと歩いて戻り、ガソリンスタンドの名前が書かれた真っ赤なジープに寄りかかって待った。やがてタクシーが一台丘を降りてきて、〈ランチョ・デスカンサード〉に続く道にはいった。客を降ろしたそのタクシーは三分後また戻ってきて丘をのぼっていった。私は運転手のところまで戻って確かめた。

「四二三号車だ。まちがいないか?」

「旦那お目当ての車だ。このあとは?」

「待つ。ホテルはどんな造りになってる?」

「駐車場付きのコテージ。シングル用もダブル用もある。はいって正面にあるコテージがオフィスだ。値段はシーズンによってずいぶん変わる。今はここらはオフシーズンだから、たぶんシーズンの半額で、部屋もけっこう空いてるはずだよ」

「ここで五分待ってからチェックインして、荷物も運び込む。それからレンタカーを探す」

それはわけない、と運転手は言った。エスメラルダにはレンタカー屋が三軒あり、時間制でも距離制でも車は選び放題ということだった。

五分待った。すでに三時を少しまわっていた。犬の餌でも奪いたくなるほど腹がへってきた。

運転手に金を払い、タクシーが走り去るのを見送り、ハイウェーを渡ってオフィスのコテージに向かった。

3

私は行儀よくカウンターに肘《ひじ》をついて見た。カウンターの中には、水玉模様のボウタイをつけた、見るからに幸せそうな顔つきの若い男がいた。次に脇の壁ぎわに設置された小さな電話交換台のまえにいる若い娘を見た。その娘はいかにもアウトドアタイプといった感じで、てらてらと光る化粧をして、濃くも薄くもないブロンドをポニーテールに結って、背に垂らしていた。やさしげな大きな眼をしており、その眼はカウンターの男を見るたび、きらりと光った。私は若い男に眼を戻し、いい気になるなよ、とでも言いたくなる気持ちを抑えた。交換台の娘はポニーテールを振って体の向きを変え、今は私を見ていた。

「よろしかったら空き部屋を何部屋かご案内できますが、ミスター・マーロウ」と若い男は丁寧なことばづかいで言った。「ご宿泊ということになりましたら、あとでご記帳いただければけっこうです。何日ほどご滞在のご予定ですか？」

「彼女が滞在するかぎり」と私は言った。「青いスーツを着た若い女性だ。ついさっきチェックインしたはずだが、なんと名乗っているかはわからない」

若い男も交換嬢も私をじっと見つめた。ふたりの顔には好奇心の混じった不信感がありありと表われていた。こういうシーンを演じるには百通りのやり方がある。が、これは私としても初めてのやり方だった。世界のどの街のホテルでも通用しないやり方だが、こういうところならうまくいくかもしれない。もっとも、そんなふうに思ったのは、うまくいこうがいくまいがどうでもよかったからだが。

「なんか嫌な顔をしてるね？」と私は言った。

少しだけ首を振って若い男が言った。「いえ、少なくともお客さまは正直におっしゃってくださいました」

「こそこそするのにはもう疲れたんだよ。もううんざりなのさ。彼女の結婚指輪には気づいたかい？」

「いいえ、気づきませんでした」と男は言って交換嬢を見やった。彼女は私に眼を向けたまま首を振った。

「それはつけてなかったからさ」と私は言った。「今はもう。すべて終わってしまったよ。

すべて壊れてしまった。これほど長いこと一緒に――いや、そんなことは屁のつっぱりにもならない。私はずっとはるばる彼女を追ってきたんだ――どこからかとは訊かないでくれ。彼女はもう私とは口も利いてくれないんだよ。なのに私はこんなところで何をしてるのか？　ただ自分をまぬけに見せてるだけだ」私はそう言ってすばやく背を向け、鼻をかんだ。ふたりの関心をうまく惹きつけられていた。「どこか別のところに行ったほうがよさそうだ」そこでまた振り向いた。

「お客さまはやり直したいと思っておられるのに、奥さまのほうはそうではないということですね？」と交換嬢が落ち着いた声音で言った。

「ああ」

「お察しいたしますが」と若い男が言った。「私どもの立場もご理解いただきたく思います、ミスター・マーロウ。ホテルの仕事は何事も慎重でなければなりません。このような場合、どのようなことが起こらないともかぎりません――発砲沙汰さえ」

「発砲沙汰？」と私は彼を見返して言い、呆気に取られたような顔をしてみせた。「冗談じゃない。そんなことをするのはいったいどんな輩《やから》だ？」

若い男はカウンターに手をつき、身を乗り出して言った。「正確なところ、何をお望みなんですか？」

「私はただ彼女のそばにいたいだけだよ――彼女が私を必要としたときに備えて。直接話しかけたりはしないよ。ドアをノックすらしない。いずれ彼女は私がそばにいることを知るだろうが。なぜいるのかも。私はいつまでも待つよ。これからもずっと」

これが若い交換嬢には受けたようだった。私自身、自分の甘ったるい芝居にすっかりはまっていた。一息つくと、最後に大賞狙いの決め台詞をぶちかました。「それに彼女をここまで連れてきた男の見てくれも気に入らない」

「どなたともご一緒じゃありませんでしたよ――おひとりでタクシーで来られたんです」とフロント係の若い男は言った。それでも、私の言った意味はちゃんと伝わったようだった。

交換嬢が半笑いを浮かべて横から言った。「そういうことじゃないわよ、ジャック。お客さんは予約してきた人のことを言ってるのよ」

ジャックは言った。「それぐらいわかってるよ、ルシール。ぼくも馬鹿じゃないんで」そこで彼はいきなりカウンターの上からカードを取り上げ、私のまえにすべらせた。宿泊カードだった。隅のところに斜めに名前が書かれていた。ラリー・ミッチェル。所定の欄にはまったく異なる筆跡で、ニューヨーク州ウェストチャタム、（ミス）ベティ・メイフィールドと書かれていた。さらに上の左の隅にラリー・ミッチェルと同じ筆跡で、日付と時刻と宿泊料と番号が書かれていた。

「親切にありがとう」と私は言った。「彼女は旧姓に戻ってる。それはもちろん法に反することじゃない」

「どんな名前を使っても法には触れません。詐欺行為をおこなうつもりがないのであれば。奥さまと同じコテージの隣りの部屋になさいますか？」

私はいささか驚いて眼を大きく見開いた。いくらかは輝いていたかもしれない。私の眼を輝かせようと、ここまで努力してくれた人はこの若いフロント係が初めてだ。

「それはどうかな」と私は言った。「親切はすごくありがたいが、きみとしてもそういうことはできないんじゃないか？　面倒を起こすつもりはさらさらないが、何が起こるかは誰にもわからない。きみの職を危うくするような真似はしたくない」

「大丈夫です」と彼は言った。「そういうことはそのうちぼくも学ばなきゃならないんだろうけど、ぼくにはあなたはまともな人に見えるんでね。ただ誰にも言わないでください」彼はペン立てからペンを取り、私に差し出した。私は署名し、住所はニューヨーク市東六十一丁目にした。

ジャックはそれを見て言った。「セントラルパークの近くですね？」

「セントラルパークからは三ブロックちょっと離れてる」と私は言った。「レキシントン街と三番街のあいだだ」

彼は黙ってうなずいた。そのあたりを知っているようだった。これで私は彼の仲間になった。彼は鍵に手を伸ばした。

「スーツケースはここに置いていきたいんだが」と私は言った。「何か食べて、それからできれば車も借りたい。荷物は部屋に運び込んでもらえるかい？」

もちろん、お安いご用です、とジャックは請け合った。それから私を外に連れ出し、若木の木立の先を指差した。コテージは全体が白いこけら板造りで、屋根は緑だった。どれにも手すりのあるポーチがついていた。ジャックは木立を抜けて私の部屋があるコテージまで私を案内した。私は礼を言い、オフィスに戻りかけた彼を呼び止めた。「そう、ひとつ問題がある。私がここにいることを知ったら、妻はチェックアウトしてしまうかもしれない」

彼は笑みを浮かべて言った。「そういうことについてはわれわれとしても何もできません、ミスター・マーロウ。夏場を別にすれば、お客さまの滞在日数はだいたい一日か二日です。この時期満室になることはまずありません」

そう言って、彼はオフィスのあるコテージに戻っていった。交換嬢が彼に言うのが聞こえた。「なかなかキュートなお客さんだったけど、ジャック、あそこまですることはなかったんじゃない？」

彼の返答も聞こえた。「あのミッチェルってやつ、おれ、嫌いなんだよ。ここのオーナーの友達だってことは知ってるけど」

4

許容範囲内の部屋だった。長椅子はコンクリートでできたような、よくあるこちこちのもので、それにクッションのない椅子が数脚、前面の壁ぎわに小さなデスク、造りつけの箪笥《たんす》のあるウォークイン・クロゼット、それにハリウッド・スタイルの浴槽と、鏡の脇にひげ剃り用のライト付き洗面台のあるバスルーム。狭いキチネットには冷蔵庫と火口が三つある白い電気コンロ。シンクの上には食器戸棚が壁に取り付けてあり、皿などが収められていた。冷蔵庫から角氷、スーツケースから酒瓶を取り出して、飲みものをつくり、一口飲んで椅子に坐り、耳をすました。窓は閉めたまま、ブラインドも降ろしたままだった。隣りの部屋からはなんの物音も聞こえなかった。と思ったら、トイレの水を流す音がした。彼女は部屋にいる。私は飲みものを飲みおえ、煙草の火を消し、隣りの部屋とのあいだの壁に取り付けられているウォールヒーターを調べた。金属のボックスの中に細長い二個の曇りガラス電球がはいっていた。たいした熱を発しそうにない代物《しろもの》だったが、クロゼットの中にはサーモスタット付きのファンヒーターもあった。三つ又プラグがあって、出力二百二十ボルトのものだ。私はウォールヒーターのクロムメッキされた格子状のカヴァーをはずし、曇りガラス電球をはずした。そして、スーツケースから医者が使う聴診器を取り出し、ウォールヒーターの壁に接した金属部分に押しあてて、耳をすました。隣りの部屋にも同じようなヒーターが壁の反対側に取り付けられているとすれば――まずまちがいなくそうなっているはずだ――私の部屋と隣りの部屋を隔てるのは金属のパネル一枚とたぶん最小限の断熱材だけだろう。

しばらく何も聞こえなかった。そのあと電話のダイアルをまわす音がした。はっきりと聞こえた。女の声が言った。「エスメラルダ四の一四九九番をお願いします」

冷静で落ち着いた声だった。高さは普通で、感情の読み取れない声だった。ただ、いくらか疲れているようには聞こえたが。彼女をここまで数時間尾《つ》けてきて、私はこのとき初めてその声を聞いた。

長めの間《ま》のあと彼女は言った。「ミスター・ラリー・ミッチェルをお願いします」

また間ができたが、今度は短かった。「ベティ・メイフィールドよ。〈ランチョ・デスキ、ヤンサード〉に着いたわ」〝デスカンサード〟ではなくそう発音した。「ベティ・メイフィールドって言ったのよ。馬鹿なことを言わないで。スペルも言わせたいの?」

電話の相手が何か言ったのだろう。しばらく耳を傾けてから彼女は言った。「部屋は12C。わかるでしょ? あなたが予約したんだから……ええ、わかったわ……まあ、いいわ。ここにいるわ」

そう言って、彼女は電話を切った。完全な静寂。そのあと声が聞こえた。ゆっくりとした空疎な響きの声だった。「ベティ・メイフィールド、ベティ・メイフィールド、ベティ・メイフィールド、哀れなベティ。あなたも昔はいい子だったのに——ずっとずっと昔は」

私は背中を壁に押しあて、床にストライプ柄のクッションを置いてその上に坐っていたのだが、立ち上がると、聴診器をクッションの上に置き、ベッドまで歩いて横になった。そのうち男がやってくる。彼女はそれを待っている。待たなければならないから。ここに来たのも来なければならなかったからだろう。私はそのわけを知りたいと思った。

男は底の柔らかい靴を履いていたにちがいない。隣りのブザーが鳴るまで私には何も聞こえなかった。さらに男は車をコテージに乗りつけなかったのだろう。私はベッドから出て聴診器を使う仕事に取りかかった。

彼女がドアを開け、男は中にはいって言った。「やあ、ベティ。ベティ・メイフィールドって名にしたのか？　悪くない。気に入ったよ」にやつく男の顔が眼に浮かんだ。

「それがわたしの本名なのよ」そう言って、彼女はドアを閉めた。

男はさも可笑《おか》しそうに咽喉《のど》を鳴らして笑った。「それまで偽名を使うだけの知恵はあったというわけだ。だけど、鞄のイニシャルはどうするんだ？」

私は男のにやつきと同じくらい男の声に嫌悪を覚えた。甲高くて陽気で、いわば陰険な剽軽《ひょうきん》さが弾《はじ》ける声。必ずしも冷笑的でもないのだが、結果的にその効果がある。気づくと、私は歯を食いしばっていた。

「もしかして」と彼女は言った。「あなたはまずそのことに気づいたのね」

「ちがうよ、ベイビー。おれがまず最初に気づいたのはおまえさん本人だよ。次に気づいたのが、結婚指輪の跡があるのに今はしてないことだ。イニシャルに気づいたのは三番目だ」

「安っぽい強請《ゆす》り屋のくせして、〝ベイビー〟なんて呼ばないで」と彼女はいきなり湧いた怒りを押し殺すようにして言った。

そんなことばにも男は少しもひるまなかった。「おれは強請り屋かもしれないが、ハニー」――またくすくす笑い――「全然安っぽくはないよ」

彼女が歩いた気配があった。たぶん男から遠ざかったのだろう。「一杯やりたいの？ お酒を持ってきたみたいだけど」

「飲むとおれはその気になるかもしれないぜ」

「わたしがあなたに関して恐れているのはたったひとつよ、ミスター・ミッチェル」と彼女は冷ややかに言った。「そのゆるい大口よ。あなたはしゃべりすぎで、自分のことが好きすぎる。わたしたちはお互いもうちょっと理解し合う必要がありそうね。わたしはエスメラルダが好き。まえに一度来たことがあって、また来たいと思ってたのよ。あなたがここに住んでいて、ここに来るのにわたしが乗った列車にあなたが乗り合わせたというのは、ひたすらわたしの不運よ。わたしのことが誰だかあなたにわかったというのは、そんな中でも最悪の不運ね。でも、それだけのことよ——ただわたしは運が悪かった」

「それはおれにとっては運がよかったってことだな、ハニー」と彼はわざとものうげにゆっくりと言った。

「そうかもしれない」と彼女は言った。「あなたがその運をあてにしすぎなければ。しすぎると、その運はあなたの眼のまえで破裂するかも」

短い沈黙ができた。睨《にら》み合うふたりの姿が想像できた。ミッチェルの今のにやつきには苛立《いらだ》ちが交じっているかもしれない。ほんの少しにしろ。

「こっちはただ」とミッチェルはむしろもの静かに言った。「受話器を取り上げ、サンディエゴの新聞社に電話すりゃいいだけのことだ。みんなに知られたいのかな？　そうしてほしけりゃやってやれなくもないが」

「わたしは物事を解決しにここに来たのよ」と彼女は苦々《にがにが》しく言った。

彼は笑って言った。「ああ、こうなったのは今にも死にそうなうすのろ判事と、それと——おれも調べたんだよ——裁判がおこなわれたのがこの国で陪審の評決を判事が覆《くつがえ》せる唯一の州だったおかげだ。で、おまえさんは二度名前を変えた。おまえさんの名前がこっちでも新聞に出ると——そりゃもうすばらしい記事になるだろうよ——おまえさんはまた名前を変えなきゃならなくなるかもしれない。でもって、もうちょいと旅行もしなきゃならなくなるかもしれない。そういうことにはもう疲れてきたんじゃないかい、ええ？」

「だからわたしはここにいるんじゃないの」と彼女は言った。「だからあなたもここにいるのよ。いくら欲しいの？　一度だけじゃすまないのはわかってるけど」

「おれが一度でも金の話をしたか？」

「これからするんでしょうが。それより、大きな声は出さないで」

「このコテージにはおまえさんひとりだよ。中にはいるまえにまわりを歩いてみたんだ。ドアは閉まってるし、窓も閉まってるし、ブラインドも降りてるし、カーポートに車もない。気になるなら、オフィスに行って確かめてもいいぜ。おれにはこのあたりに友達がいるんだよ――おまえさんとしてもお近づきになる必要のある友達がな。おまえさんの人生を愉《たの》しくしてくれる友達だ。この町の地域社会にはいり込むのはそう簡単じゃない。同時に、外からのぞき込んでるだけじゃ面白くもなんともないのがこの町だ」

「あなたはどうやって中にはいったの、ミスター・ミッチェル？」

「おれの親父はトロントじゃ大物なんだけど、おれとはそりが合わなくてさ。おれをそばに置きたがらないんだ。それでも、なんと言おうと親父は親父で、力もある。金でおれを追い払おうとどうしようと」

彼女は何も言わなかった。彼女が離れた気配があった。製氷皿から氷を取り出すおなじみの音がした。さらに蛇口の水が流れる音がして、また戻ってきた足音が聞こえた。

「一杯いただくわ」と彼女は言った。「もしかしたら、わたし、つっけんどんな物言いをしてたかもしれないけれど、疲れてるのよ」

「そうだろうとも」と彼は抑揚のない口調で言った。「おまえさんは疲れてる」間《ま》ができた。「そういうことなら、疲れてないときのおまえさんに乾杯しよう。〈グラスルーム〉に今夜七時半でどうだ？　迎えにくるよ。美味《うま》い夕食が食える。ダンスもできる。静かで、客を選ぶ店だ。そういう言い方になんらかの意味があるなら。〈ビーチクラブ〉の中にあるんだよ。だから店のほうが知ってる客じゃないとはいれない。そういうところにおれは友達が多くてな」

「高いの？」と彼女は尋ねた。

「ちょいとな。ああ、そうだ、それで思い出した。おれの次の給料日までに何ドルか用立ててくれないか？」そう言って彼は笑った。「自分に驚かされるね。結局、金の話をしちまったな」

「何ドルか？」

「何百ドルかのほうがいいな」

「今ここには六十ドルしかないわ――こっちの銀行に口座を開くか、旅行小切手を現金にするかしないと」

「現金にするのはここのオフィスでもできるぜ、ベイビー」

「でしょうね。五十ドルあるわ。あなたを甘やかそうとは思わないから、ミスター・ミッチェル」

「ラリーと呼んでくれ。人間らしくなってくれ」

「なったほうがいい？」声音が変わっていた。どこか誘うような響きがあった。ミッチェルの顔に浮かんだ笑みが眼に見えるようだった。そのあとの沈黙からは彼が彼女をつかんだところが想像できた。彼のするがままに彼女が任せたところも。最後にくぐもった彼女の声が聞こえた。「もういいでしょ、ラリー。いい子だからそろそろ行って。七時半で大丈夫だから」

「帰るまえに一杯やらせてくれ」

　しばらくしてドアが開けられた音がして、彼がなにやら言ったが、聞き取れなかった。私は立ち上がり、窓のところまで行って、ブラインドの隙間越しに慎重に外を見た。高い木の一本に投光照明が設置されており、その明かりの下《もと》、彼がぶらぶらと坂を降り、やがて姿を消すのが見えた。私はパネルヒーターのところに戻ると、しばらく耳をすましたが、何も聞こえなかった。そもそも何を聞こうとしていたのか、自分でもわからなかったが。それでもその音はすぐに聞こえた。

　部屋をすばやく動く音に続いて、引き出しが開けられた音、鍵の音、持ち上げられた蓋が何かにぶつかった音が聞こえた。

どうやら彼女はここを出る準備をしているらしい。

私は細長い曇りガラスの電球をヒーターに戻し、格子状のカヴァーも戻し、聴診器もスーツケースにしまった。夕暮れになり、肌寒くなっていた。ジャケットを羽織って部屋の真ん中に立った。暗くなってきていたが、明かりはつけなかった。ただ立って考えた。電話をかけて、報告することもできなくはなかった。が、そうしているあいだに彼女は別のタクシーに乗り、別の列車か、あるいは飛行機に乗って、別の場所に移動してしまうかもしれない。が、どこに行こうと、彼女が向かった駅には探偵が待っている。ワシントンにいるお偉方にとってそうすることが大切なら。どこに行こうと、別のラリー・ミッチェルか、記憶力のいい新聞記者が待っている。彼女には常に人目につくところがあり、気づいた者が常に彼女につきまとう。それにそもそも自分自身からは誰も逃げられない。

私は好きになれない連中のためにもこそこそしたのぞき見仕事をこなしてきた。しかし、友よ、それが探偵家業というものなのだ。依頼人から金をもらって泥をほじくり返すのが。しかし今回、私はそれを愉しんでいる。彼女は尻軽女にも悪党にも見えない。もっとも、そのわけは彼女がもっと上手《うわて》の尻軽女であり、悪党であるからなのかもしれないが。

5

ドアを開け、コテージの隣りの部屋まで歩いて小さなブザーを押した。中で何かが動いた気配はなかった。足音も聞こえなかった。そのあとチェーン錠がかけられた音がして、ドアが二、三インチ開いた。が、明かりが洩れてきただけで何も見えなかった。ドアの向こうから声がした。「どなた?」

「砂糖を借りられないかと思って」

「砂糖なんかないわ」

「だったら、小切手が届くまで何ドルか用立ててもらえないだろうか?」

沈黙。そのあとチェーンが許すかぎりドアが開き、彼女の顔が現われ、影の中にある眼が私を見すえた。闇の中の水たまりのような一対の眼だった。木に高く設置された投光照明が斜め上からその眼を光らせていた。

「あなた、誰なの?」

「隣りの部屋の者だ。うただ寝をしてたら、声で起こされた。ことばも聞き取れた。そのことばに興味を掻き立てられてね」

「興味を掻き立てられたいのならどこかよそでやってて」

「それもできなくはないけど、ミセス・キング――失礼、ミス・メイフィールド――果たしてきみは私がそうすることを望んでいるのかどうか。ちょっと確信が持てない」

彼女は動かなかった。眼も揺らがなかった。私はパックから煙草を取り出し、親指でジッポの蓋を開け、ホイールをまわそうとした。片手でできないことではない。が、どうしても動きはぎこちなくなる。それでもどうにかやりこなし、煙草に火をつけ、あくびをし、鼻から煙を出した。

「そういうパフォーマンスのあと、アンコールにはいつも何をしてるの？」と彼女は言った。

「本来なら、私はロスアンジェルスに電話をしなきゃならない。電話をして私をここまで来させた人たちに伝えなきゃならない。でも、そんなことはしなくてもいい。きみとの話次第だ」

「まったく」と彼女は力を込めて嘆いてみせた。「一日の午後だけでふたりもとはね。わたしってどこまで運のいい女なの？」

「それは私にはわからない」と私は言った。「というか、私は何も知らない。道化を演じさせられているような気がしてはいるけど、それも定かじゃない」

「ちょっと待って」彼女はそう言って私の眼のまえでドアを閉めた。が、長くはかからなかった。チェーン錠がはずされ、ドアが開いた。

私はゆっくりと中にはいった。彼女はあとずさり、私と距離を取った。「どこまで聞いてたの？　ドアを閉めて」

私は肩で閉めたドアにもたれた。

「どちらかと言えばゆゆしきことばの端々が聞こえたよ。ここの壁は浮浪者の財布ほどにも薄い」

「あなた、ショービジネスの人？」

「ショービジネスとはまさに正反対の人間だな。かくれんぼビジネスの人間だ。名前はフィリップ・マーロウ。きみは私に会ったことがある」

「あなたに会った？」彼女は慎重な足取りで私のそばから離れ、開けたままのスーツケースのところまで行った。そして、椅子に腕をついてもたれて言った。「どこで？」

「ロスアンジェルスのユニオン駅で。乗り継ぎ列車を待っていた。きみも私も。私はきみに興味を覚えた。きみとミスター・ミッチェルとのあいだで起きていることにも。確か彼はそういう名だよね？　そのときには何も聞こえなかったし、見えたこともあまりない。コーヒーショップの外にいたんでね」

「だったら何があなたの興味を惹いたの？　それとも、あなたはただの愛すべき大男とか？」

「まだ全部は話してない。私が興味を覚えたのは、彼と話したあとのきみの変わりようだ。しかし、私にはわざとそうしているのがわかったよ。きみの変化は実に意図的だった。一瞬できみは生意気でタフで抜け目のない今風の若い女に変身した。どうしてそんなことをしたんだね？」

「そうなるまえのわたしはどんなだったの？」

「蝶よ花よと育てられた両家の子女だった」

「そっちが演技だったのよ」と彼女は言った。「あとのわたしがほんとうのわたしよ。そういうわたしにはこういうものが似合うかも」彼女はそう言って、脇から小型のオートマティックを取り上げた。

私はそれを見て言った。「ああ、銃か。銃で私を脅そうとしても駄目だよ。私は生まれてこの方ずっと銃と一緒に生きてきたみたいなものなんだから。赤ん坊のときにはデリンジャー銃がおしゃぶりがわりだった。昔リヴァーボートのギャンブラーが持ち歩いていたような単発の小型拳銃だ。大きくなるにつれて軽量級のスポーツ用ライフルから・303ブリティッシュ弾を装塡《そうてん》するターゲット・ライフルになってさらに進化した。一度スコープなしで九百ヤード離れた的のど真ん中を撃ち抜いたこともある。知らないといけないから言っておくと、九百ヤード離れると、的全体が切手ほどの大きさになる」

「うっとり聞き惚れちゃいそうになるほどの経歴ね」と彼女は言った。

「銃では何も解決できない。銃というのは慌てて引かれる芝居の幕だ。そのあとは出来の悪い第二場と相場が決まっている」

彼女はかすかに笑みを浮かべ、銃を左手に持ち替えた。そして、右手でブラウスの襟をつかむと、躊躇《ちゅうちょ》なくすばやく腰のところまで引き裂いた。

「次は」と彼女は言った。「別に急ぐこともないんだけど、銃をこうやって持つの」――彼女は銃を右手に戻した。が、今度は銃身を持った――「こうやって銃のグリップで頬を殴るの。それで見事な痣《あざ》の出来上がりってわけ」

「で、そのあとは」と私は言った。「銃を正しい位置に構えて、安全装置をはずして、引き金を引く。しかし、その頃には私はスポーツ欄のトップ記事を読みおえてるだろうよ」

「あなたはドアまでの距離の半分も逃げられないわ」

私は椅子に坐り、脚を組み、椅子の背にもたれ、椅子の脇のテーブルから緑のガラスの灰皿を取り上げて、膝の上に置いた。そして、吸っていた煙草を右手の人差し指と中指のあいだにはさんで持った。

「私はドアのところまで逃げたりしないよ。こうして坐ってるよ、居心地よく、くつろいで」

「それとちょっとばかり死んだ状態で」と彼女は言った。「わたし、射撃の腕はいいのよ。それにあなたとわたしは九百ヤードも離れていない」

「だったら、私に襲われそうになって身を守ったという話をせいぜい警察に売り込むといい」

彼女は銃をスーツケースに放ると、いきなり笑いだした。心底面白がって笑っているような笑い声だった。「ごめんなさい」と彼女は言った。「あなたが頭に穴をあけてそこに坐っていて、わたしが自分の名誉を守るためにどうやってあなたを撃ったのか、説明しているところを想像しちゃったら――なんか頭が変になっちゃったみたい」

彼女は椅子に勢いよく坐ると、上体をまえに傾《かし》げ、膝に肘をつき、お椀の形にした手のひらに顎をのせた。その顔は張りつめ、同時に消耗して見えた。暗い赤毛の髪がやけに豪華にその顔を取り囲んでおり、実際より顔が小さく見えた。

「あなたはわたしに何をしてるの、ミスター・マーロウ？　いえ、言い方を替えたほうがいいかしら――あなたが何もしないお返しにわたしは何をすればいいの？」

「エリノア・キングというのは何者なんだね？　ワシントンD・Cで彼女は何をしてたんだね？　どうして彼女はこれまでのどこかで名前を変えて、鞄からイニシャルを剝《は》ぎ取らなきゃならなかったんだね？　そういうことを話してくれればそれでいいよ。たぶんきみは話しちゃくれないだろうが」

「さあ、それはどうかしらね。鞄からイニシャルを取ったのはポーターよ。わたしはそのポーターに、わたしのすごく不幸だった結婚生活の話をしたの。でも、離婚したから旧姓に戻る権利があるとも言った。旧姓はメイフィールド。エリザベス・メイフィールド、あるいはベティ・メイフィールド。今の話が全部ほんとうであっても少しもおかしくないでしょ？」

「ああ。だけど、今の説明にはミッチェルが出てこない」

彼女は椅子の背にもたれ、くつろいで見せた。警戒する眼つきは変わらなかった。「あの人とは旅する途中でたまたま知り合ったのよ。彼も同じ列車に乗ってたの」

私はうなずいて言った。「しかし、あの男はここまで自分の車で来た。きみのためにこの予約も取った。ここの人間にはあまり好かれていないようだが、かなりの力を持つ人物の友達のようではある」

「列車にしろ船にしろ、旅の途中で知り合うと、急に親しくなったりするものよ」と彼女は言った。

「そのようだね。彼がきみに借金まで申し込んでるところを見ると。なんともすばやい。ただ、私の眼にはきみは彼のことがあまり好きではないように映るんだが」

「そう」と彼女は言った。「でも、だからなんなの？　ほんとうのところ、わたしは彼に夢中なの」彼女は手のひらを返して見つめた。「誰に雇われてるの、ミスター・マーロウ？　なんのために？」

「ロスアンジェルスの弁護士だ。その弁護士は東部の指示を受けて動いてる。きみのあとを尾《つ》けて行き先を確かめる。それが私の仕事だった。ところが、きみはまたどこかに移動しようとしてる。私は同じことをまた初めからやらなきゃならなくなる」

「でも、わたしはもうあなたがわたしを尾けていることを知ってしまった」と彼女はどこかずる賢そうに言った。「となると、あなたの仕事はこのあとずっとむずかしくなる。あなたは私立探偵か何かなんでしょ？」

私はそうだと答えた。煙草の火はもう消していた。私は灰皿をテーブルに戻して立ち上がった。

「確かに私の仕事はむずかしくなる。だけど、こういう仕事をする輩はいくらでもいるんだよ、ミス・メイフィールド」

「そうでしょうとも。感じのいいちっぽけな人たち。そういう人たちの中にはそれはもう清潔な人もいることでしょうよ」

「警察がきみを探してるわけじゃない。警察ならもっと簡単にきみを捕まえていただろう。きみが乗った列車は最初からわかってたんだから。私はきみの写真ときみの人相風体《ふうてい》を記したものを渡された。一方、ミッチェルはきみを自分の好きなようにしているように見える。あの男の目当ては金だけじゃないだろう」

彼女はほんの少し顔を赤らめたように見えた。明かりがちゃんとあたっていたわけではないのでなんとも言えないが。「たぶんそうね」と彼女は言った。「でも、そんなことはどうでもいい」

「そうだろうか」

彼女はいきなり立ち上がると、私のそばまでやってきた。「あなたがやっているような仕事では大金持ちにはなれない。ちがう？」

私は黙ってうなずいた。私たちのあいだはかなり狭まっていた。

「だったら、ここからこのまま立ち去って、わたしに会ったことも忘れることにはどれほどの値段がつく？」

「私はただでここから立ち去るよ。それでもその結果として報告はしなきゃならない」

「いくら？」と彼女は言った。本気で訊いているように思えた。「依頼料ならけっこう払えるわよ。そんなふうに言うのよね、依頼料って。聞いたことがある。そのほうがずっと聞こえがいいものね。〝強請りの値段〟なんかより」

「そもそもそれは意味のちがうことばだ」

「そうともかぎらない。ほんとうよ。同じ意味になることはいくらもある——相手が弁護士や医者であったとしても。たまたまのことにしろ、わたしはこれまでにそういう場面を見てきたのよ」

「それは運が悪かったね、ちがうか？」

「その逆よ、探偵さん。わたしはこの世で一番運のいい女よ。だって今もまだ生きてるんだから」

「きみとは正反対の側にいる人間として言っておこう。運は手放さないことだ」

「あなたに何がわかるというの？」と彼女はわざとらしくゆっくりと言った。「良心付きの探偵ってわけ？　そういう話はカモメにでもしてて、お兄さん。わたしにはそんな話は紙吹雪と変わらない。さあ、お好きにどうぞ、私立探偵のミスター・マーロウ。さっさとあの大事な電話を使えばいい。わたしは止めないから」

そう言って彼女はドアに向かいかけた。私は彼女の手首をつかんで振り向かせた。ブラウスは破れたままだったが、彼女は裸になったわけではない。肌が少し露出して、ブラジャーが少し見えているだけだ。ビーチに行けばもっと見られる。もっとずっと。それでも破れたブラウス越しに見るとなると、話がだいぶちがってくる。

たぶん私の眼つきが少しばかり淫《みだ》らなものになったのだろう。彼女はいきなり指を丸めて私に爪を立てようとした。

「わたしはさかりのついた雌犬じゃないのよ！」と彼女は食いしばった歯の隙間からそう言った。「その汚い手を放して！」

私はもう一方の手首もつかむと、彼女を引き寄せた。彼女は膝で私の股間を蹴り上げようとした。が、そうするにはすでに私に近づきすぎていた。彼女は急にぐったりとなると、頭をのけぞらせ、眼を閉じた。そして、人を小馬鹿にするような歪んだ笑みを口元に浮かべて口を開けた。肌寒い夕べだった。海辺ではもっと冷えてきていることだろう。が、私は少しも寒くないところにいた。

しばらくのち、彼女はため息をついて言った。――ディナーに行くのに着替えをしなくちゃならない。

「そうだったね」と私は応じた。

さらに少し間を置いて彼女は言った――最後に男の人にブラジャーをはずされてからもうずいぶん経つ、と。私たちはおもむろにふたり用寝椅子のほうを向いた。寝椅子にはピンクと銀のカヴァーが掛かっていた。人は妙なときに妙なことに気づくものだ。

開いた彼女の眼は戸惑っていた。私はその眼を一度にひとつずつ見た。近すぎて同時に両方を見ることができなかったので。釣り合いの取れた一対の眼だった。

「ハニー」と彼女は甘い声音で言った。「あなたはすごくやさしい人だけれど、今は時間がないわ」

私は彼女のために彼女の口をふさいだ。外からドアに鍵が挿し込まれた気配があった。が、私はあまりそれには注意を向けなかった。錠がはずれる音がしてドアが開き、ミスター・ラリー・ミッチェルがはいってきた。

私たちは互いに離れた。振り向くと、屈強そうな体つきで、いかにもタフそうな身長六フィート一インチが、瞼《まぶた》の垂れた眼で私を見ていた。

「オフィスで確かめようと思ってな」と彼はどこか心ここにあらずといった体《てい》で言った。「そしたら、今日の午後、この部屋が埋まった直後に隣りの12Bも埋まったっていうじゃないか。で、おれとしちゃ奇妙に思ったわけだ。だってほかにも部屋はいっぱいあるんだから。なもんで、この部屋の鍵を借りたってわけだ。この肉の塊は誰なんだ、ベイビー？」

「〝ベイビー〟なんて呼ぶんじゃないと彼女に言われたんじゃないのか？　忘れたのか？」

そのことばになんらかの意味があったにしろ、彼は表情を変えることなく、脇に垂らした拳をただゆっくりと振った。

彼女が言った。「彼はマーロウという名の私立探偵よ。わたしを尾行するよう誰かが彼を雇ったみたい」

「尾行するためにはあんなに近づく必要があったってか？　ああいうことをすると、美しい友情を壊しかねないと思うんだがな」

彼女はすばやく私から離れると、スーツケースから銃を取り出して言った。「わたしたちが話し合っていたのはお金のことよ」

「そういうことをするのは常にまちがってる」とミッチェルは言った。「おまえさんたちみたいな立場にいる場合はなおさら。ハニー、銃なんぞ要らないから」

そう言うなり、ミッチェルは右の拳をいきなり私に振るった。バネの利いたすばやいストレートだった。私は逆に距離を詰め、すばやく賢く冷静によけた。が、それは彼が頼りにしているパンチではなかった。彼は左利きだった。そのことにはロスアンジェルスのユニオン駅で気づくべきだった。訓練された観察者はディテールを見落とさない。右のストレートはよけられたが、左はよけられなかった。

　まともに食らい、頭がのけぞり、よろけた。ミッチェルはその隙を逃がさず、すばやく脇に動くと、彼女の手から銃をもぎ取ろうとした。銃はいっとき宙でダンスを踊り、そのあと彼の手に収まった。

「落ち着けよ」と彼は私に言った。「陳腐な台詞に聞こえるかもしれないが、おまえを撃ち殺してもなんの罪にも問われない。そんな芸当がおれにはできるんだよ。嘘じゃない」

「わかった」と私はぼそっと言った。「一日五十ドルの日当で撃たれちゃ適《かな》わない。七十五ドルは要る」

「うしろを向け。おまえの財布の中身を見るのが愉しみだ」

　私は彼に向かって突進した。銃のことなどいっとき忘れて。パニックになったら彼も撃つかもしれない。が、ここはこいつのホームグラウンドだ。パニックにならなければならない理由がない。が、彼女にはそこまで判断できなかったのだろう。彼女がテーブルの上のウィスキーのボトルに手を伸ばしたのが視野の一番隅に見えた。

　私のパンチがミッチェルの首の横にあたり、ミッチェルは叫び声をあげた。彼のパンチも私の体のどこかにあたったが、それはたいしたことはなかった。私のパンチのほうがはるかに効果的だった。それでも私は勝利を手にすることはできなかった。というのも、その瞬間、軍用ラバのうしろ肢で後頭部を思いきり蹴られたからだ。私は暗い海上に放り出され、めらめらと燃える炎の中で破裂した。

6

最初に感じたのは、もし今誰かに厳しい口調で何か言われたら、きっと泣きだしてしまうだろうということだった。次に思ったのはこの部屋は私の頭に対して狭すぎるということだ。前頭部が後頭部からあまりに離れていた。側頭部と側頭部も際限なく隔たっていた。右のこめかみから左のこめかみへ、鈍い脈動が繰り返されているのに。しかし、きょうび距離などというものはなんの意味も持たない。

三番目に気づいたのは、さほど遠くないところでぶうんという音がずっと聞こえていることだった。四番目が最後で、氷水が背中を伝っていることだった。自分が寝椅子のカヴァーに顔をつけて、うつ伏せになって寝ていることは、ほかでもないカヴァーが教えてくれた。もっとも、それはまだ私に顔があればの話だが。ゆっくりと仰向けになって上体を起こした。するっという音がして、それはすとんという音で終わった。それらの音をたてたのは、溶けかけた角氷を包んで結んだタオルだった。私をあまり愛していない誰かが私の後頭部をどかんとやり、私を深く愛してくれている誰かがタオルを私の後頭部に置いてくれたのだろう。その誰かが同一人物だったりすることもある。人の気分はとかく変わるものだ。

私は立ち上がるなり気づいて尻のポケットに手をやった。財布は左のポケットにちゃんとはいっていた。が、ボタンがはずされていた。私は財布の中身を確かめた。何もなくなっていなかった。財布から得られたのは私に関する情報だけだ。が、それはもう秘密でもなんでもない。寝椅子の裾《すそ》にある小卓の上に、私のスーツケースが開かれて置かれていた。ということは、今いるのは私がチェックインした部屋ということか。

鏡に手を伸ばし、自分の顔を見た。よく知っている顔だった。ドアまで行って開けた。ぶうんという音が大きくなった。すぐ眼のまえに肥り気味の男が手すりにもたれて立っていた。肥ってはいたが、中程度の肥満で、しまりがない感じはさほどしなかった。眼鏡をかけていた。鈍いグレーのソフト帽をかぶっていた。耳の大きな男だった。トップコートのポケットに両手を入れ、コートの襟を立てていた。側頭部にのぞいている髪が軍艦のような鉄灰色に見えた。頑丈そうな男だった。だいたい肥った男はそう見えるものだが。私の背後からの明かりが男の眼鏡のレンズに反射していた。トイブルドッグと呼ばれる小さなパイプを口にくわえていた。頭はまだもうろうとしていたが、男にはどこかこちらの心をざわつかせるものがあった。

「いい夜だ」と男は言った。

「何か用かい？」

「ある男を捜してるんだがな、それはあんたじゃない」

「ここには私しかいないが」

「わかった。どうも」と男は言い、私に背を向けると、腹でポーチの手すりにもたれた。

私はポーチを歩き、ぶうんという音がしているほうに行った。12C号室のドアは開いており、中から光が洩れていた。ぶうんというのは緑のお仕着せを着た女がかけている掃除機の音だった。

私は中にはいり、部屋の様子を確かめた。女は掃除機のスウィッチを切って、私を眺めた。「何か用ですか？」

「ミス・メイフィールドは？」

女は首を振った。

「この部屋にいた女性だ」と私は言った。

「ああ、あの人。もうチェックアウトしましたよ。三十分ほどまえに」女はそう言ってまた掃除を始め、声を張り上げて続けた。「オフィスで訊いてください。この部屋はもう片づけるんで」

私は玄関に戻ってドアを閉めた。そして、掃除機の黒いコードをたどってコンセントから引き抜いた。緑のお仕着せを着た女は怒った眼つきで私を見た。私は女のところまで行き、一ドル札を握らせた。それで女の怒りはいくらか和らいだ。

「電話をかけさせてくれ」と私は言った。

「電話ならお客さんの部屋にもあるんじゃないですか？」

「ちょっとだけ思考停止してくれ」と私は言った。「一ドル分だけでも」

私は電話のところまで行って受話器を取り上げた。女の声が出た。「オフィスです。ご用件をどうぞ」

「マーロウだ。今はとても不幸な気持ちだ」

「はい？　ああ、ですよね、ミスター・マーロウ。何かわたしたちにできることはありますか？」

「彼女は行ってしまった。話すこともできなかった」

「お察しします、ミスター・マーロウ」彼女は本気でそう言っているようだった。「ええ、もうチェックアウトなさいました。なんと申し上げたらいいか――」

「行き先は言ってなかったかい？」

「お勘定をすませたら、もう出ていかれました。いきなり。行き先はおっしゃいませんでした」

「ミッチェルと一緒に出ていった？」

「ほんとうにお察ししますが、どなたともご一緒じゃありませんでした」

「それでもきみは何か見ているはずだ。どうやって出ていった？」

「タクシーです。申しわけありませんが——」

「わかった。ありがとう」私は自分の部屋に戻った。

中程度の肥り具合の男が脚を組んで椅子に坐り、くつろいでいた。

「わざわざ寄ってくれてありがとう」と私は言った。「私にできることが何かあるのかな？　何か特別にできることが？」

「ラリー・ミッチェルはどこにいる？　教えてくれや」

「ラリー・ミッチェル？」そう言いながら、私は慎重に考えた。「それは私の知ってる男だろうか？」

彼は財布を開いて名刺を出した。そして、ぎこちなく脚をほどいて名刺を私に差し出した。名刺には〝ゴーブル＆グリーン探偵社　ミズーリ州カンザスシティ、プルーデンス・ビルディング310〟と書かれていた。

「探偵というのは面白い仕事なんだろうね、ミスター・ゴーブル」

「なあ、おれをからかおうなんて思うなよな。わりとキレやすい性質《たち》なんでな」

「それはそれは。ここはひとつおたくがキレるところを見せてくれ。キレるとどうなるんだ？　ひげを嚙んだりするのか？」

「ひげなんか生やしてないだろうが、この馬鹿たれ」

「生やすことはできるだろ？　待ってるよ」

ゴーブルは今度はさきほどよりずっとすばやく立ち上がり、自分の手を見下ろした。その手には銃が握られていた。「今まで銃で殴られたことは？　ああ？　この馬鹿たれ」

「とっとと失せろ。おまえさん、退屈すぎる。脳みそが泥でできてるやつはみんなそうだがな」

彼は手を震わせ、顔を紅潮させた。が、そこで銃をショルダーホルスターに戻し、ドアのほうに向かった。「まだ終わっちゃいねえからな」肩越しにそう言った。

その台詞は聞き流した。わざわざ言い返すまでもない月並みな台詞だった。

7

しばらく経ってオフィスに行った。

「ああ、うまくいかなかった」と私は言った。「ふたりとも彼女を乗せたタクシーの運転手は誰だったか知らないかな？」

「ジョー・ハームズです」とルシールが即座に答えた。「グランド通りをちょっと行ったところにある、タクシーの待機所に行けばいるかもです。それともタクシー会社のオフィスに電話するとか。とってもいい人です。一度わたしにモーションをかけてきたことがあるけど」

「で、大きく的をはずした。ここからパソ・ロブレスぐらい離れてた」とジャックが馬鹿にしたように言った。

「それはどうかしら。そもそもあなたはその場にいなかったわけだし」

「そうだけど」と彼はため息まじりに言った。「男は家を買うのに一日二十時間ぐらい働かなきゃならない。でも、その金が貯まる頃には、目当ての女の子には十五人ぐらいの男が言い寄ってる」

「そういうことにはならないよ」と私は言った。「彼女はただきみをからかってるだけさ。だってきみを見るとき、彼女はいつも頬を赤くしてるぜ」

私は互いに微笑み合うふたりを残してオフィスを出た。

小さな町がたいていそうであるように、エスメラルダも町の中心に一本太い通りが走り、そのどちらに向かっても通りの両側に、商店が短く一ブロックかそこら続いているだけだった。町の佇《たたず》まいは商店街を離れてもさほど変わらないまま住宅街となる。ただ、カリフォルニアのたいていの小さな町とは異なり、見せかけだけ立派な建物も、安っぽい看板も、ドライヴスルー方式のハンバーガー店も、葉巻売場も、ビリヤード場も、ごろつきが屯《たむろ》する街角もなかった。太い通り――グランド通り――に建ち並ぶ店は古いか狭いかのどちらかだったが、どちらにしろ、けばけばしさとは無縁だった。板ガラスとステンレスの店構えと鮮やかな色のネオンで、巧みに今風の趣きを醸《かも》している店もあった。エスメラルダの住人すべてが裕福でも幸福とはかぎらない。みんながみんなキャディラックやジャガーやライレーを乗りまわしているわけでもないだろう。それでも、暮らしぶりの豊かな人口の比率はきわめて高そうだった。それは一目でわかった。高級品を扱う店もこぎれいで、いかにも高級そうな店構えであるところは、ベヴァリーヒルズとも変わらない。加えてけばけばしさがない。もうひとつ小さなちがいもあった。エスメラルダでは古い建物も小ぎれいで、古趣さえ湛えている店があった。普通小さな町では古いものはただみすぼらしく見えるものなのに。

商店街の中ほどに車を停めた。電話会社のまえに。もちろん閉まっていた。その建物の入口は奥まったところにあり、金を稼げるスペースをあえて犠牲にして、見てくれを優先したアルコーヴがあり、そこに歩哨《ほしょう》の詰所のごとき濃い緑色の電話ボックスがふたつ並んでいた。通りの反対側、地面に赤い線が引かれたタクシーの待機スペースに、淡い黄褐色のタクシーが一台、縁石に斜めに停まっていた。白髪の男が運転席について新聞を読んでいた。私は道を渡って彼のところまで歩いた。

「ジョー・ハームズかい？」

男は首を振った。「やつはしばらくしたら戻るはずだ。タクシーが要るのかな？」

「いや、いい」

私はタクシーから離れ、店のウィンドウをのぞいた。ラリー・ミッチェルを思い出させる、茶とベージュのチェックのシャツが飾られていた。穴飾りのあるクルミ色の靴、輸入物のツイードのジャケット、ネクタイが二、三本、それらに合わせたシャツなどがゆったりとスペースを取って陳列されていた。店の建物の上には、かつて名を馳せたスポーツ選手の名前が掲げられていた。名前の文字は筆記体で、セコイア材の板に浮き彫りされ、着色されていた。

電話ボックスの電話のひとつが鳴った。タクシーの運転手が車を降りてきて、歩道を横切り、電話に出た。そして、話を終えて電話を切ると、タクシーに戻り、バックで待機スペースから出て走り去った。そのあと通りは閑散とし、しばらくして車が二台通り過ぎ、次いでハンサムで身なりのいい黒人の若者と着飾った若くて可愛い娘が、ショーウィンドウをのぞいてはおしゃべりしながら歩き去った。緑色のベルボーイのお仕着せを着たメキシコ人が誰かのクライスラー・ニューヨーカーを運転してやってきて——本人の車かもしれないが——ドラッグストアにはいっていった。そして、煙草を一カートン手にして出てくると、ホテルに戻っていった。

〈エスメラルダ・キャブ・カンパニー〉と書かれた別のベージュのタクシーが角を曲がり、赤く線引きされた待機スペースの中にゆっくりと停まった。分厚い眼鏡をかけた筋骨逞《たくま》しい男が降りてきて、電話ボックスの壁掛け電話を点検すると、また車に戻り、バックミラーのうしろから雑誌を取り出した。

そのタクシーのところまで歩いていくと、その運転手が私の目当ての運転手であることがわかった。上着を着ておらず、シャツの袖を肘の上までまくり上げていた。ビキニ向きの陽気ではなかったが。

「ああ、おれがジョー・ハームズだけど」と言って、彼は煙草を口にくわえると、〈ロンソン〉のオイルライターで火をつけた。

「きみに訊けば何か教えてくれるかもしれないと言われた。〈ランチョ・デスカンサード〉のルシールに」私はそう言って彼のタクシーに寄りかかり、心を込めた特大の笑みを彼に向けた。その効果は縁石を蹴ったのとあまり変わらなかった。

「何についての情報だね？」

「今日の夕方、あそこのコテージから客をひとり乗せたよね？　12Cの部屋の客で、赤みがかった髪で、背が高くて、スタイルのいい女だ。名前はベティ・メイフィールドというんだが、まあ、名前は名乗らなかっただろう」

「たいていの客は行きたい場所を言うだけだよ。おかしなもんだろ？」そう言って、彼はフロントガラスに向かって肺いっぱいの煙を吹きかけ、煙がガラスを這ったあと車内に漂うのを眺めた。「で、なんなんだ？」

「ガールフレンドに逃げられたんだ。ちょっとしたいきちがいがあって。全部こっちが悪い。で、悪かったって謝りたいんだよ」

「ガールフレンドはどこに住んでるんだね？」

「ここから遠いところに」

彼は口にくわえたままの煙草を小指で弾いて、灰を落とした。

「もしかしたら、彼女は端《はな》からそうするつもりだったのかもしれない。もしかしたら、あんたに行き先を知られたくないのかもしれない。だけど、もしかしたらそれはあんたにとっちゃラッキーだったのかもしれない。この町じゃ女をホテルに連れ込んだりしたら逮捕されかねないからね。そういうのってみっともない話だよ」

「もしかしたら、私は嘘つきかもしれない」と私は言って、札入れから名刺を取り出した。

彼はそれに眼をやってから私に返した。

「こっちのほうがいい」と彼は言った。「いくらかは。だけど、会社には規則があってね。おれは体を鍛《きた》えるためにこのタクシーを転がしてるわけじゃない」

「五ドル札に興味はないかな？　それともそれもルール違反かな？」

「おれの親父が会社のオーナーなんだけど、おれが金に釣られたと知ったら、かんかんに怒るだろうな。もちろん、だからって金は嫌いじゃないが」

電話ボックスの電話が鳴った。彼はまた運転席から出て、大股で三歩ほど歩いて電話のところまで行った。私は唇を噛んでただ突っ立っていた。彼は電話に出ると、また戻ってきて車に乗り込み、運転席に坐った。そういうことをいつもやっているのだろう、動きによどみがなかった。彼は言った。

「急いで出ないと。悪いな。次の客を拾うのに遅れそうだ。さっきはデル・マーから戻ってきたところだったんだよ。ロスアンジェルス行きの列車はデル・マー駅に停車したら、七時四十七分に発車する。ここを出る人はたいていその列車に乗る」

彼は車のエンジンをかけて窓から身を乗り出し、吸っていた煙草を道路に捨てた。

私は言った。「ありがとう」

「なんのことだ?」彼はそう訊き返すと、車をバックさせ、走り去った。

私は腕時計を見て、時間と距離を頭の中で計算した。ここからデル・マーまで十二マイルはある。客を乗せてデル・マーまで行き、駅で降ろして戻ってくるには、一時間近くかかるだろう。彼は彼なりのやり方で私に教えてくれたのだ。意味もなくわざわざあんなことは言わない。

タクシーが見えなくなるまで見送ってから通りを渡り、電話会社の入口の外にある電話ボックスにはいった。ドアは開けたままにして、十セント硬貨を入れ、ゼロをダイヤルした。

「ウェスト・ロスアンジェルスへコレクトコールを頼む」そう言って、ブラッドショー局の電話番号を交換手に伝えた。「ミスター・クライド・アムニーに指名通話で。私の名前はマーロウ。エスメラルダ四の二六七三番の公衆電話からかけてる」

交換嬢は私がそれだけ言いおえるのにかかった時間よりはるかに早くつないでくれた。アムニーは電話に出るなり刺々しく口早に言った。

「マーロウか？　そろそろ連絡してきてもいい頃だと思ってた。さあ――聞かせてもらおうか」

「今、サンディエゴにいるんだけれど、女の行方がわからなくなった。私が昼寝をしているあいだにいなくなってしまったんだ」

「きみが優秀な探偵だということは最初からわかっていたよ」と彼は不機嫌そうに皮肉を言った。

「それでも、ミスター・アムニー、状況はそれほど悪くはない。彼女がどこに行ったか、だいたいの見当はついてるから」

「だいたいでは不充分だ。雇われた以上、言われたとおりにきちんと仕事はやってもらいたい。それにだいたい見当がついているというのはどういうことだ？」

「これはいったいどういう案件なのか、私にも教えてもらえないだろうか、ミスター・アムニー？　今朝は列車の到着時間が迫っていたんで、深く考えずに引き受けてしまったが。おたくの秘書は人間的魅力をさんざん振り撒《ま》いてくれたけれど、この案件に関する情報は振り撒いちゃくれなかった。おたくとしても、私に気持ちよく仕事をしてほしいんじゃないのかね、ミスター・アムニー？」

「きみが知らなきゃならないことはすべてミス・ヴァーミリアが伝えたはずだ」とアムニーはむっつりと言った。「私はワシントンの有力な法律事務所の依頼を受けて動いている。彼らの依頼人は、今のところ身元を明かさないままでいることを望んでいる。きみはただあの女がどこかに立ち寄るまで尾行すればいいんだ。どこかといっても、トイレとかハンバーガーショップとか、そういう場所じゃないぞ。ホテルとか、アパートメントハウスとか、彼女の知り合いの家とか、そういう場所だ。それだけだ。これほど簡単なことをもっと簡単にしてほしいのか？」

「ミスター・アムニー、私は仕事を簡単にしてくれと言ってるんじゃない。参考になる情報が欲しいと言ってるだけだ。あの女が何者で、どこの出身で、いったいどんなことをしたせいでこんな仕事が必要になったのか」

「必要になった？」とアムニーは噛みつくように言った。「何さまだと思ってる？　何が必要で何が必要でないか、それを決める権利が自分にあるとでも思ってるのか？　いいから早くあの女を見つけて、滞在場所を突き止めたら、そこの住所を私に知らせるんだ。金を支払ってもらいたいなら、それを早くやることだ。明日の朝十時まで時間をやる。それに間に合わなかったら、この仕事は別の人間に任せる」

「わかった、ミスター・アムニー」

「そもそもサンディエゴのどこにいるんだ？　そこの電話番号は？」

「今はただふらふら歩きまわってる。ついさっきウィスキーのボトルで頭を殴られちまったもんでね」

「そいつは災難だったな」とアムニーは皮肉な口調で言った。「当然、ボトルの中身はきみが全部飲んで空《から》だったんだろうが」

「いや、もしそうだったら、もっとひどいことになっていたかもしれないな、ミスター・アムニー。殴られたのが私の頭じゃなくておたくの頭だったかもしれないんだから。明日十時頃、事務所に電話する。ひとつ言っておくと、誰かが誰かの行方を見失うなんてことはもう心配しなくていいよ。私と同じことをしている人間があとふたりほどいるから。ひとりはミッチェルという地元の男で、もうひとりは、カンザスシティからきたゴーブルという探偵だ。そいつは銃を持ってる。それじゃまた明日、ミスター・アムニー」

「待て！」と彼は吠えた。「ちょっと待て！　どういうことだ――ほかにもふたり探偵がいるのか？」

「そのことは何を意味するのか。それを私に訊いてるのかい？　情報をくれと頼んだのはこっちだったと思うけど。そう、どうやらおたくがこの件について知ってるのは、ほんの一部のようだね」

「待て！　ちょっと待ってくれ！」沈黙ができた。ややあってアムニーは言った。もう怒鳴り声ではなくなっていた。落ち着いた声になっていた。「明日の朝一番にワシントンに電話してみよう。もしきみに何か無作法なことを言っていたなら、マーロウ、謝るよ。この件については、私のほうももう少し情報を得る必要がありそうだ」

「そのようだな」

「彼女の足取りがつかめたら、この番号にまた電話してくれ。何時でもかまわない。何時でもまったくかまわない」

「わかった」

「それじゃ、おやすみ」そう言って、彼は電話を切った。

私は受話器を戻し、深く息をついた。頭はまだ痛んだが、目眩《めまい》は消えていた。かすかに海霧を含む、冷たい夜気を吸い、電話ボックスを出て通りの反対側を見た。来たときにタクシーの待機所に停まっていた年配の運転手が戻っていた。私は通りを渡り、彼に〈グラスルーム〉への行き方を尋ねた。ミッチェルがミス・ベティ・メイフィールドに──彼女の意向がどうであれ──夕食に連れていくと約束した店だ。行き方を教えてもらった礼を言い、人気《ひとけ》のない通りをもう一度渡ってレンタカーに乗り、来た道を戻った。

ミス・メイフィールドが七時四十七分発の列車に乗って、ロスアンジェルスかどこか途中の駅に向かった可能性もなくはなかった。が、そうではない可能性のほうが高かった。駅まで乗せた客が列車に乗るのを見届けるまで駅に居残るタクシー運転手などいない。それにラリー・ミッチェルはそれほど簡単に振りきれる相手ではない。彼女をエスメラルダに来させるに足る何かを握っているのだとすれば、それは彼女を足止めするにも足る何かだろう。ミッチェルは私が誰であるかということも、私が何をしているかということももう知っている。ただ、どうして私がそんなことをしているのかまではまだ知らない。なぜなら、私自身知らないからだ。彼に脳みそが少しでもあれば——少しだけではなくもっとありそうだ——彼女がタクシーでどこまで行ったかぐらい、私にも突き止められると考えて不思議はない。そのことからまず私はこう思った——ミッチェルはデル・マーまで自分の車で行き、その大きな車体のビュイックをめだたないところに停めて、タクシーがやってきて彼女を降ろすのを待つことにした。タクシーが方向転換をして来た道を戻っていったら、彼女を自分の車に乗せ、エスメラルダにまた戻ってくるつもりなのだろう。次に私が考えたのは、彼がまだ知らないことを彼女が自分から話すとは思えないということだ。私はロスアンジェルスの探偵で、彼女を尾行するのが私の仕事だが、依頼人は誰なのかはまだわからない。私はその依頼どおりの仕事をこなしながらも、彼女に近づきすぎるというミスを犯した。それはミッチェルにとってあまり嬉しくない知らせだった。自分以外にも競争相手がいるというのは。ただ、それがなんであれ、彼の情報が新聞の切り抜きから得たものだとすれば、その情報を永遠に独占できると期待するのは望みすぎというものだ。そんな情報は、充分な関心と充分な根気があれば、誰にでもいずれ見つけられる。私立探偵を雇う充分な理由のある者が誰にしろ、おそらくそいつはその情報をすでにつかんでいるのだろう。それはつまるところ、ベティ・メイフィールドから何を強引に奪おうとしているにしろ——金であれ、体であれ、その両方であれ——ミッチェルとしては急がなければならないということだ。

渓谷を三分の一マイルほどくだると、海のほうを差す矢印と照明付きの小さな看板があり、〈グラスルーム〉と筆記体で書かれていた。道路は崖沿いに建てられた家々を両側に見ながら、曲がりくねってさらにくだっていた。家々の窓には暖かい明かりがともり、庭はどこもよく手入れされていた。漆喰の壁には、メキシコの伝統に則《のっと》って耐火石材かレンガがひとつかふたつ、タイルとともに嵌《は》め込まれていた。

車が最後の丘の最後のカーヴを曲がると、強い海藻のにおいが鼻腔を満たし、〈グラスルーム〉の明かりが霧越しに琥珀《こはく》色の輝きを増し、ダンス音楽が舗装された駐車場を横切って漂ってきた。車を降りると、海そのものは見えないものの、そのうなりがほとんど足元から聞こえた。駐車係はいなかった。客は各々自分で車をロックして、店にはいるようになっていた。

車の数は二十台ばかり。私は停まっている車を調べた。少なくともひとつの予感はあたった。ソリッドトップのビュイック・ロードマスターが一台停まっており、そのプレートナンバーは私のポケットの中のメモの番号と一致した。その車は店の入口のすぐそばに停めてあり、その隣りのさらに入口に近い最後のスペースに、ペールグリーンとアイヴォリーのキャディラック・コンヴァーティブルが停まっていた。シートはオイスターホワイトの革張りで、前部坐席には湿気をよけるためにチェックの旅行用毛布が掛けてあった。さらにその車にはディーラーが思いつくかぎりの付属品がついていた。ミラー付きの巨大なスポットライトがふたつ、ほとんどマグロ漁船向けと言えそうな長さの無線アンテナ、後部トランクを補うための折りたたみ式クロム製ルーフラック。そういうものがあれば、遠出の旅行が優雅にできる。サンヴァイザー。サンヴァイザーで見えなくなった信号が見られるプリズム式リフレクター、コントロールパネルかと思うほどたくさんのつまみのあるラジオ、挿し込むだけで火がつくシガレットライター、そのほか種々雑多なものがついており、レーダーや録音機やバーや高射砲が取り付けられるのも時間の問題に思えた。

私はそれらをすべてペンライトで見たのだが、その光をライセンス・ホルダーに向けると、そこにはこう書かれていた。クラーク・ブランドン。カリフォルニア州エスメラルダ、ホテル・カーサ・デル・ポニエンテ。

8

ロビーはバルコニーにあり、そこから中二階にあるバーとその階下《した》のダイニングルームが見下ろせた。弧を描く、絨毯《じゅうたん》の敷かれた階段を降りると、そこがバーになっていた。ロビーにはクローク係の若い女性と、電話ボックスの中に年配の男がいるだけで、その男は、おれを馬鹿にするのはやめておけ、とでも言いたげな表情を浮かべていた。

私は階段を降りてバーに行くと、湾曲しているスペースに身を落ち着けた。そこからダンスフロアが見渡せた。建物の一面が巨大なガラス窓になっていたが、その向こうには霧しか見えなかった。よく晴れて、海上近くに月が見えるような夜には、きっと見事な眺めになるのだろう。三人編成のメキシコ人のバンドが、メキシコ人のバンドが始終演奏している音楽を演奏していた。彼らの音楽はなんであれ、みな同じように聞こえる。おまけに彼らはいつも同じ歌を歌う。うまく解き放たれた母音が常にあり、間延びしていて、甘ったるくて、弾むような抑揚のある歌だ。歌う男は、常にギターを掻き鳴らし、愛《アモール》やら自分《ミ・》の心《コラソン》やら美しい女《リンダ》やらについては言いたいことが山ほどあるらしい。ただ、どれについても説得力がまるでない。加えて髪が長すぎ、オイルもつけすぎている。愛の歌を歌っていないときには路地にいて、ナイフでも使っていたほうがよほど役に立ちそうで、同時にお徳でもありそうな——そんな類《たぐ》いの男だ。

ダンスフロアでは六組ほどのカップルが踊っていた。関節炎持ちの夜警のように無謀に、そして気ままに。たいていは頬を寄せ合って踊っていた。それを踊りと言えるなら。男たちは白いタキシード、女たちは輝く眼にルビー色の唇、それにテニスかゴルフを嗜《たしな》んでいることを思わせる筋肉。そんな中、頬を寄せ合っていないカップルが一組いた。男は飲みすぎてリズムを取れず、女はパンプスを踏まれないようにするのに忙しく、それ以外のことは少しも考えられないようだった。ミス・ベティ・メイフィールドを見失うのではないかと心配したのは杞憂《きゆう》だった。彼女はミッチェルと一緒だった。幸せからはほど遠そうだった。ミッチェルは口を開け、にやにや笑っていた。顔は赤くてらてら光り、眼はどんよりと曇っていた。ベティは首の骨が折れるのではないかと思われるほど顔をそむけ、できるだけ彼を遠ざけていた。ラリー・ミッチェルのすべてにもうこれ以上耐えられなくなっているのは、誰の眼にも明らかだった。

丈の短い緑のジャケットに、腰から裾まで緑のサイドラインのはいった白いズボンという恰好のメキシコ人のウェイターがやってきた。私はギブソンをダブルで注文し、この席でもクラブサンドウィッチが食べられるかどうか尋ねた。ウェイターは「大丈夫《ムイ・ビエン》です、セニョール」と明るい笑みを見せて応じ、立ち去った。

一曲終わり、拍手がまばらに起きた。それでもバンドは感じ入ったようで、次の曲の演奏を始めた。ハーバート・マーシャル（ハリウッド映画にも出演したイギリス出身の俳優）のどさまわり劇団俳優版とでもいった黒髪の給仕頭が、テーブルを縫って歩きまわり、そここで立ち止まっては客の機嫌を取っていた。見ていると、やがて椅子を引いて腰をおろした。彼の向かいの席には、ロマンスグレイのアイルランド系らしいハンサムな大男が坐っていた。連れはいないようだったが、黒っぽいディナージャケットを着て、くすんだ赤のカーネーションを襟に挿していた。好人物に見えた、こっちから脅したりしなければ。離れた席から、おまけにクラブの薄暗い照明では、それ以上のことはわからなかったが、その男を脅すなら脅すほうも大男で、敏捷で、タフで、体調も絶好調でなければならないだろう。

給仕頭が身を乗り出して何か言い、その男はラリー・ミッチェルとベティ・メイフィールドのほうに眼を向けた。給仕頭は何か心配しているようにも見えたが、大男のほうはあまり気にしていないようだった。給仕頭が立ち上がり、テーブルを離れると、大男は煙草をシガレットホルダーに挿した。すぐさまウェイターのひとりがライターを差し出した。まるで、その機会を一晩じゅうずっと待っていたかのように。大男はウェイターに眼を向けることもなく礼を言った。

飲みものが運ばれてきたので、私はそのグラスを手に取って飲んだ。曲が終わり、バンドのそのときのステージも終わったようだった。ダンスフロアのカップルたちは頬と頬を離して、各々のテーブルに戻った。ただ、ミッチェルはまだベティを放そうとしなかった。ずっとにやにやしており、彼女をもっと引き寄せようとして、片手を彼女の頭のうしろにあてた。彼女は彼を振りほどこうとした。彼はさらに強い力で彼女を抱き寄せ、赤ら顔を彼女の顔に押しつけようとした。彼女は抗《あらが》ったが、ミッチェルの力は強すぎた。彼女の顔に何度か彼の唇がつけられた。彼女は彼を蹴った。彼は怒った顔を起こした。

「放してよ、この酔っぱらい」と彼女は息を切らしながらもきっぱりと言った。

ミッチェルの顔が醜く歪んだ。彼女の腕を痣ができるほど強くつかむと、力任せにゆっくりとさらにそばに引き寄せた。そして、自分の体にぴたりと押しつけると、そのまま抱きしめた。客の多くがそれを見ていた。が、動いた者はいなかった。

「いったいどうした、ベイビー、パパのことはもう好きじゃないのか?」とミッチェルはねとついた大きな声で言った。

彼女が膝で何をしたのか、私には見えなかった。それでも想像はついた。相当痛かったのだろう、ミッチェルは反射的に彼女を押しやった。凶暴そのものといった顔つきになり、腕をうしろに引いたかと思うと、彼女の口を横ざまに平手打ちし、さらに手の甲でも叩いた。一瞬にして彼女の顔の皮膚が赤くなった。

彼女は身じろぎひとつすることなく立っていた。が、ややあって店じゅうに聞こえる声でゆっくりと、はっきりと言った。「ミスター・ミッチェル、次に今みたいなことをするときには——防弾チョッキを着るのを忘れないことね」

そう言うなり、ミッチェルに背を向けてその場を離れた。彼は突っ立っていた。顔がてかって青白くなっていた——それは痛みのせいなのか、怒りのせいなのか、どちらとも言えなかったが。給仕頭がさりげなく彼に近づき、問いかけるように片眉を吊り上げ、小声でなにやら言った。

ミッチェルは眼を下にやり、上から給仕頭を見下ろした。が、何も言わず、給仕頭を押しのけ、歩きだした。給仕頭はよろめいて道をあけた。ミッチェルはベティを追いかける途中、椅子に坐っている男にぶつかっても、立ち止まって詫びようとはしなかった。ベティは巨大なガラス窓のまえのテーブルについていた。ディナージャケットを着たロマンスグレイの大男の隣りのテーブルに。大男はベティを見て、ミッチェルを見た。そのあとくわえていたシガレットホルダーを口から離して、それを見た。いささかも表情を変えなかった。

ベティのテーブルまでやってくると、ミッチェルはねとついた大声で言った。「痛かったじゃないか、ダーリン。痛めつけるには悪い相手を選んだもんだ。聞いてるか? 実に悪い相手をな。謝る気になったか?」

彼女は立ち上がると、椅子の背からショールをすばやくつかみ取り、ミッチェルと向き合って言った。

「ここのお勘定はわたしが払いましょうか、ミスター・ミッチェル――それとも、あなたが払う？　わたしから借りたお金で？」

　彼は片手をうしろに引いて、また彼女を平手打ちしようとした。彼女は動かなかった。隣りのテーブルの男が動いた。よどみない動きで立ち上がると同時にミッチェルに近づき、彼の手首をつかんだ。

「落ち着け、ラリー。飲みすぎだ」男の声は落ち着いていた。ほとんど面白がってさえいた。

　ミッチェルは大男の手を払いのけると、大男のほうを向いて言った。「口出しはしないでくれ、ブランドン」

「こっちだってしたいわけじゃない。私には関係のないことなんだから。だけど、このレディをまた殴るなんてことはしないほうがいい。この店じゃ客を外に放り出すことはめったにないが――ないわけじゃない」

　ミッチェルは腹立たしげに声に出して笑って言った。「すっ込んでろよ、ブランドン」

　大男はおだやかに言った。「落ち着け、ラリー。私はさっきも言った。何度も言わせるな」

　ミッチェルは大男をしばらく睨みつけてから言った。「わかった、わかった。じゃあな。またあとでな」拗《す》ねたような声音だった。そのあと歩きだして足を止めると、半分振り向いてつけ加えた。「またずっとあとでな」そう言って出ていった――ふらつきながらも足早に歩いていた。どんなものにも眼をくれず。

ブランドンはその場にしばらく立っていた。ベティも立っていた。彼女のほうはこのあとどうすればいいのかまるでわからないといったふうだった。

彼女はブランドンを見た。ブランドンも彼女を見た。そして微笑んだ。ただの愛想笑いだった。誘っているような笑みではなかった。彼女のほうはどんな笑みも返さなかった。

「何か私にできることはないかな?」とブランドンは言った。「帰るのならそこまで送ろうか?」そこで振り向いて言った。「カール」

給仕頭がすばやくやってきた。

「このお客さんからは勘定を取らないでくれ」とブランドンは言った。「わかると思うが、こんな状況じゃ――」

「けっこうよ」と彼女はぴしゃりと言った。「自分のお勘定を他人に払っていただこうとは思いません」

ブランドンはゆっくりと首を振って言った。「この店じゃそういうことになってるんだよ。私個人とは関係なく。よければ何か飲みものを届けさせようか?」

彼女はさらに彼を見つめた。彼のほうは悠然とかまえていた。「届けさせる?」

彼は丁重な笑みを浮かべた。「いや、持ってこさせるだね――きみがここに坐ってくれるなら」

そう言って、自分のテーブルの椅子のひとつをうしろに引いた。彼女は坐った。それと同時か、それより少しまえに給仕頭がバンドに合図したのだろう、曲が流れはじめた。

ミスター・クラーク・ブランドンは大声をあげずとも欲しいものを手にすることのできる男のようだった。

ややあって、私が注文したクラブサンドウィッチが運ばれてきた。自慢できるほどの代物ではなかったが、食べられなくもなかった。私は食べた。そのまま半時間ほど過ごした。ブランドンとメイフィールドはとりあえずうまくやっているようだった。会話が弾んでいるふうには見えなかったが。しばらくしてふたりは踊りはじめた。そこまで見届け、私は店を出ると車に戻り、車の中で煙草を吸った。彼女は私に気づいたかもしれないが、そのそぶりは見せなかった。ミッチェルのほうは明らかに気づいていなかった。階段をあがって店を出たときには急ぎすぎており、そもそも何かに眼を止めるには頭に血がのぼりすぎていた。

十時半頃、ブランドンが彼女と一緒に店を出てきて、幌《ほろ》を降ろしたキャディラックのコンヴァーティブルに乗り込んだ。私はそのあとを追った。ふたりに気づかれまいと気をつけることもなかった。ふたりが向かっているのはエスメラルダのダウンタウンで、その行き先は容易に知れたから。〈カーサ・デル・ポニエンテ〉。実際、ブランドンはそのホテルのゲートに続く傾斜路を降りた。

このあと確かめなければならないことはただひとつ。私はホテルの脇の空地に車を停めて、ホテルのロビーを横切り、館内電話が置かれているところまで歩いた。

「ミス・メイフィールドをお願いする。ベティ・メイフィールドだ」

「少々お待ちを」――短い間《ま》――「はい、今ちょうどチェックインなさいました。お部屋におつなぎしております」

また間ができた。今度は少し長かった。

「すみません。ミス・メイフィールドのお部屋の電話を呼び出しているのですが、お出になりません」

私は交換嬢に礼を言って電話を切ると、すぐさまロビーを出た。彼女とブランドンがロビーに降りてこないともかぎらないので。

借りたレンタカーに戻り、渓谷に添って霧の中を〈ランチョ・デスカンサード〉に戻った。オフィスのあるコテージは鍵がかけられ、誰かがいる気配はなかった。夜間用ベルのある場所を示す仄《ほの》かな屋外照明がついているだけだった。私はゆっくりと車を運転して、12C室に向かい、カーポートに車を停めて、あくびをしながら部屋にはいった。部屋は寒く、じめじめして、悲惨な状態になっていた。誰かが侵入し、寝椅子からストライプのカヴァーを引き剝がし、おそろいの枕カヴァーも剝いでいた。

私は服を脱ぎ、カールした髪を枕にあずけ、眠りについた。

9

コンコンという音で眼が覚めた。軽い音だったが、執拗だった。それはだいぶまえから始まっていて、徐々に私の眠りの中にはいり込んできたのだろう。私は寝返りを打って耳を傾けた。誰かがドアノブをつかんで無理やり開けようとする音に続いて、そのあとまた軽いノックが始まった。腕時計を見ると、夜光塗料を塗った針が三時すぎを示していた。私はベッドを出て、スーツケースを置いたところまで行き、銃を取り出し、ドアまで行って少しだけ開けた。

スラックスをはいた黒い人影が見えた。ウィンドブレーカーらしきものを着ていた。頭に黒っぽいスカーフを巻いていた。女だった。

「なんだね?」

「中に入れて――すぐ。明かりはつけないで」

ベティ・メイフィールドだった。ドアを引き開けると、彼女はひとすじの霧が流れるように中にはいってきた。私はドアを閉め、バスローブに手を伸ばして身に着けた。

「外に誰かいるのか?」と私は尋ねた。「隣りの部屋にはもう誰もいないと思うが」

「わたしはひとりよ」と彼女は壁にもたれて言った。はあはあと浅い息をしていた。私は上着のポケットをまさぐってペンライトを取り出し、その明かりをまわりに向けてヒーターのスウィッチを見つけた。そのあと光を彼女に向けた。彼女は眼をしばたたき、降参するように手を上げた。私は光を床に向け、そのまま窓まで這わせて窓をふたつとも閉め、ブラインドも降ろした。そうして窓から離れ、部屋の明かりをつけた。

彼女はひとつ荒い吐息をついた。が、何も言わなかった。まだ壁にもたれていた。酒が必要な顔をしていた。私はキチネットまで行き、ウィスキーをグラスに注いで、彼女のところまで持っていった。彼女はそれを手で払うような仕種をした。が、そのあと気が変わったらしく、グラスをつかみ取ると、一気に呷《あお》って空《から》にした。

私は椅子に坐って煙草に火をつけた。こっちが誰かにやられたら、必ずうんざりさせられるリアクションながら、私のほうからは動かず、ただ彼女を見た。そして待った。

広大な無の深淵を隔てて視線と視線がぶつかった。しばらくして彼女は、ウィンドブレイカーに斜めに切られたポケットにおもむろに手を伸ばし、拳銃を取り出した。

「おいおい」と私は言った。「また銃はやめてくれ」

彼女は手にした銃を見た。唇が震えていた。銃で何かを狙っているわけではなかった。壁から離れると、私のほうにやってきて、私の肘のそばに銃を置いた。

「この銃はまえにも見た」と私は言った。「私としちゃ旧友みたいな銃だな。まえに見たときにはミッチェルが持っていた。どういうことだ?」

「だからわたしはあなたを殴ったのよ。彼があなたを撃つんじゃないかって怖かったのよ」

「いや、撃ったりしたら彼の計画は台無しになっていただろう——それがどんな計画であれ」

「でも、絶対に撃たないとも思えなかったのよ。ごめんなさい。殴ったりして」

「氷をあててくれたのには礼を言うよ」と私は言った。

「銃を調べないの?」

「もう見たよ」

「わたし、〈カーサ〉からここまでずっと歩いてきたの。今はそこに泊まってるの。今日の——午後移ったの」

「知ってるよ。きみはタクシーでデルマー駅まで行った。夜に出る列車に乗ろうと思って。ところが、ミッチェルに駅で拾われてしまい、またこっちに戻ってきた。そのあときみたちは夕食をともにしてダンスもした。だけど、ちょっとした——そう、いきちがいがあった。そこへクラーク・ブランドンという男が現われ、きみを自分のコンヴァーティブルに乗せてホテルまで送った」

彼女は私を見つめ、そのあと何か別のことを考えている顔つきで言った。「あなたの姿なんかどこにも見かけなかったけど」

「バーにいたんだ。きみはミッチェルといたときには、顔を平手打ちされるのと、次に会うときには防弾チョッキを着てくるように彼に忠告するのに忙しくしてた。ブランドンのテーブルについたときには、ずっと私に背を向けていた。そのあとはきみたちよりさきに店を出て、外で待ってたんだよ」

「だんだんあなたが本物の探偵のような気がしていた」と彼女は低い声で言った。そこでまた銃を見て言った。「あの人、銃を返してくれなかったのよ。そのことを証明することはできないけど、もちろん」

「それはつまり、きみとしてはできれば証明したいということか」

「それができれば少しは役立ってくれるかもしれない。充分とまではいかなくても。わたしのことがわかってしまったら、それはもう無理ね。わたしがどういうことを話しているのか、あなたにはもうわかってると思うけど」

「坐って、少し気を静めたらどうだ?」

彼女は椅子のところまでゆっくりと移動し、座面の手前に腰かけ、上体をまえに傾げて床を見つめた。

「見つけなければならないことがあることはわかってる」と私は言った。「ミッチェルにも見つけられたんだから、私にもそれは見つけられるだろう——見つけようとさえすれば。

見つけるべきものがあることさえわかっていれば、誰にでも見つけられるだろう。それがなんなのか、今この段階じゃ私にはまるでわかってないが。そもそも私の仕事はきちんと連絡を取って報告するだけのことなんでね」

彼女は一瞬顔を起こして言った。「それはもうやったの?」

「ああ、報告はしたよ」と私は少し間《ま》を置いてから答えた。「だけど、そのときには私はきみの行き先を見失っていた。だからサンディエゴにいるとだけ伝えた。もっとも、そんな情報は最初に電話の交換嬢から伝わってるわけだが」

「〝きみの行き先を見失っていた〟」と彼女は私のことばを皮肉っぽく繰り返した。「あなたの依頼人が誰にしろ、その人としてもたいした探偵を雇ったものだと思ったことでしょうね」そう言ったあと、唇を噛んだ。「ごめんなさい。今のは口がすべったわ。とにかく、わたしは今決断しなくちゃならないのよ。あることに関して」

「だったら焦《あせ》ることはない」と私は言った。「今はまだ午前三時二十分だから」

「今度はあなたが嫌味を言う番というわけね」

私は壁に取り付けられたヒーターを見た。見ても何もわからなかったが、それでも冷気はいくらか減じられたようだった。いくらかにしろ。私も飲む必要がありそうだった。キッチンに行ってグラスに注いで、ボトルをいったん置き、そのあとさらに注ぎ足して部屋に戻った。

彼女は模造皮革の小さなフォルダーを手に持っていた。それを私に差し出して言った。「この中にアメリカン・エキスプレスの旅行小切手で五千ドルあるわ——額面百ドルで五十枚。五千ドルであなたはどこまでやってくれる、マーロウ?」

私はウィスキーを一口飲んだ。そして、今言われたことを裁判官のような顔をして考えてから言った。「それだけあれば、通常の経費も含めて私をフルタイムで数か月雇える。もっとも、それはたまたま私が売りに出ていればの話だが」

彼女はフォルダーで椅子の肘掛けを叩いた。同時に、もう一方の手で握りしめた自分の膝頭をほとんど剝がそうとしているようにも見えた。

「あなたは売りに出てるのよ」と彼女は言った。「それにこれはただの手つけよ。わたしにはもっと大きな買いものもできる。あなたが夢でさえ見たことのないほどの大金を持ってるから。別れた夫が哀れをもよおすくらいの大金持ちだったの。わたしはそんな夫からきっかり五十万ドル手に入れたの」

そう言って、彼女はハードボイルドっぽい笑みを冷ややかに浮かべ、充分間《ま》を置いた。私がその笑みに慣れるだけの間を。

私は言った。「私は誰かを殺さなきゃならないというわけじゃない、そうだね?」

「あなたが誰かを殺さなくちゃならないようなことにはならないわ」

「なんだか今の言いまわしは気に入らないな」

私は脇に眼をやり、まだ指一本触れていない銃を見た。彼女は真夜中に〈カーサ〉から歩いて私のところまでこの銃を持ってきた。だからと言って、私としてはそれに触れることはない。しばらく銃を見つめてから、その上に屈《かが》み込んでにおいを嗅いだ。そこでもまだ触れることはない。もっとも、どのみち触れることになるのはわかっていたが。

「弾丸《たま》を一発食らったのは誰だね？」と私は彼女に尋ねた。部屋の冷気が私の血の中に沁み込み、血液が氷水に変わったような心持ちになった。

「どうして一発だってわかったの？」

私はそこで銃を取り上げ、マガジンを取り出し、それを見てからまた戻した。カチリと音をたててまたグリップに収まった。

「もしかしたら二発だったかもしれない」と私は言った。「マガジンには六発残ってる。この銃のマガジンには弾丸《たま》を七発込められるが、薬室に一発送り込めばさらに一発マガジンに込められる。もちろん、全部撃ち尽くしてそのあと六発込め直すということもできるわけだが」

「わたしたちは意味のない話をしてる。ちがう？」と彼女はおもむろに言った。「はっきり言わなくちゃならないことばを避けてる」

「わかった。彼はどこにいる？」

「わたしの部屋のバルコニーに置かれている寝椅子に倒れてる。わたしの部屋がある側にはどの部屋にもバルコニーがあるのよ。バルコニーにはコンクリートの仕切りがあって、両端の塀――つまり隣りのバルコニーとの仕切り塀――は外に向けて斜めに突き出している。煙突職人とか登山家ならその塀をまわり込めるかもしれないけれど、それでも重い荷物を持ってたりしたら無理ね。そもそもわたしの部屋は十二階にあって、階上《うえ》にあるのはペントハウスのあるフロアだけ」彼女はそこまで話すとことばを切り、眉をひそめ、それまで膝頭を握っていた手で、自分にはもう何もできないとでも言いたげな仕種をした。そして、そのあとまた続けた。「こんなことを言うと、なんだか馬鹿みたいに聞こえると思うけど、彼がそこに行くにはわたしの部屋を通り抜けるしかない。でも、わたしは彼を部屋に入れたりはしなかった」

「彼が死んでるのはまちがいないんだね？」

「それは確かよ。まちがいなく死んでる。いつ死んだのかはわからないけど。何か音がしたわけでもないのよ。何かで眼が覚めたんだと思うけど、それは銃声みたいな音じゃなかった。でも、そのときにはもう彼は冷たくなっていた。だから、どうして眼が覚めたのかはわからない。でも、すぐには起きなかった。で、しばらく寝たまま考えごとをしていた。そうしていてもまた眠ることはできなかった。で、しばらくして明かりをつけ、起き出して煙草を吸った。そのとき霧が消えて、月明かりが射しているのに気づいた。といっても、それは地上のことじゃなくて、十二階にあるわたしの部屋から見た話だけど。バルコニーに出ると、下にはまだ霧があるのがわかった。すごく寒かった。星がすごく大きく見えた。仕切り塀のそばにしばらく立っていた。そのあと彼に気づいたのよ。なんだか馬鹿みたいに——あるいはありそうにないことみたいに——聞こえるのはわかるけど。そんな話、警察は最初から信じちゃくれないでしょう。あとになっても——ええ、こういったほうがいいわね。わたしには百万にひとつのチャンスもない——誰かに助けてもらわないかぎり」

私は立ち上がると、グラスに残っていたウィスキーを飲み干し、彼女のところまで行った。

「二、三言わせてくれ。まずひとつ、きみが今取っている行動はおよそ通常のものとは言えない。きみの行動は冷静とは言えない。冷静を通り越してる。パニックにもなっていなければ、ヒステリーを起こしてもいない。感情も何もない。運命論者のように平静そのものだ。ふたつ目は、今日の午後、私はきみとミッチェルの会話をすべて聞いていたということだ。ヒーターの電球を」——そう言って、私はウォールヒーターを示した——「取りはずして、聴診器を壁にあてたのさ。それで、ミッチェルはきみが何者か知っていることがわかった。さらにそのことが公《おおやけ》になると、きみはまた名前を変えなきゃならなくなり、またどこか別の町に身を隠さなきゃならなくなることもわかった。きみはこう言った、わたしはこの世で一番運のいい女よ、だって今でもまだ生きてるんだからと。しかし、今はきみの銃で撃たれて死んだ男がきみの部屋のバルコニーにいる。でもって、その男はもちろんミッチェルだ。だろ？」

彼女はうなずいて言った。「ええ、そうよ。ラリーよ」

「ところが、きみはあいつを殺してなどいないと言うわけだ。警察は最初からきみを信じないだろう。あとになったらもっと信じないだろう。きみはこういうことを以前にも経験してる。ちがうか？」

彼女はまだ私を見上げていたが、ゆっくりと立ち上がった。互いの顔が近づき、私たちは相手の眼を見つめ合った。だからと言って、そのことにはなんの意味もなかったが。

「五十万ドルというのは大金よ、マーロウ。そういう大金をみすみす逃すほどあなたはお堅いわけじゃない。世界にはあなたとわたしが優雅に暮らせる場所がいくらもある。たとえばリオの海岸沿いの高層マンションとか。そういう暮らしがいつまで続くかはわからない。でも、物事というのはいろいろと調整できるものよ。ちがう？」

私は言った。「きみは実にいろんな人間になれるんだね。で、今は娼婦のような口を利いてる。最初にきみを見たとき、きみは育ちのいい可愛い淑女だった。ミッチェルのような理想の恋人がきみに言い寄ってきたときには、いかにも不快げな顔をしていた。そのあときみは煙草を一箱買って、いかにも不味《まず》そうに吸った。かと思ったら、彼に自分を抱かせた――ここに来たあと。さらには私のまえでブラウスを破ってみせたりもした。ははは。そのあとは金づるの旦那が帰ったあとのパーク・アヴェニューの愛人みたいに、シニカルになった。と思ったら、今度は私にも自分を抱かせた。さらにさらに、そのあとは私の頭をウィスキーのボトルで殴った。で、今はリオでの優雅な暮らしの話をしてる。これで翌朝起きたら、私のベッドの隣りの枕に頭を置くのはいったいどんなきみなんだろう？」

「手付けだけで五千ドルなのよ。そのあともっとはいってくる。警察はあなたに爪楊枝《つまようじ》の五本もくれやしない。それでも通報したいのなら、電話はそこにあるわ」

「この五千ドルのために私は何をすればいいんだね？」

彼女はゆっくりと吐息をついた。まるで危機が去ったかのように。「〈カーサ〉はほとんど崖のへりに建っていて、ホテルの建物に沿って一本狭い小径が這っている。すごく狭い小径よ。その小径をはさんで、ホテルの反対側は絶壁で、岩と海しかない。今はほぼ満潮で、わたしの部屋は崖から迫《せ》り出している」

私はうなずいて言った。「非常階段は？」

「地下の駐車場から上がれる。駐車場から階段を二段か三段上がったところにあるエレヴェーターの脇にある。でも、階段をのぼるのは大変よ」

「五千ドルのためともなれば潜水服をつけてものぼるよ。ここに来るとき、ロビーを通ったのか？」

「いいえ、非常階段を使った。駐車場には夜勤の駐車場係がいるけど、車の中で眠ってた」

「ミッチェルは寝椅子に横たわっているということだが、血はけっこう出たんだろうか？」

彼女は顔をしかめて言った。「気づかなかったけど、出ていても不思議はないわね」

「気づかなかった？　彼がすでに死んでることを確かめるのにそばまで行ったんじゃないのか？　彼はどこを撃たれてた？」

「見たかぎりわからなかった。たぶん撃たれたところは体の下になってたのよ」

「銃はどこにあった？」

「バルコニーの床にあった――彼の手のすぐそばに」

「どっちの手だ？」

彼女はいくらか眼を見開いて言った。「それって重要なこと？　どっちの手だったかはわからない。彼は寝椅子のへりから頭と脚を垂らして横たわってたのよ。こんな話、いつまで続けなくちゃいけないの？」

「わかった」と私は言った。「私はこのあたりの潮の満ち干についても流れについても何も知らない。だから彼はもう明日には岸に打ち上げられるかもしれない。さもなければ、二週間ぐらい見つからないかもしれない。もちろん、それはわれわれがこの問題をうまく処理できたらの話だ。時間が経てば、彼が撃たれたこともわからなくなるかもしれない。まるっきり見つからないことも考えられなくはない。その可能性は高くはないが、ゼロでもない。このあたりの海にはバラクーダとかほかにもいろいろいるからね」

「あなたって人をむかつかせることにかけては天才ね」と彼女は言った。

「そう、なにしろ幸先のいいスタートを切ったもんでね。自殺の可能性も考えられる。その場合は銃を戻しておかなきゃならない。彼は左利きだった。だからどっちの手か訊いたのさ」

「そう、確かに。彼は左利きだった。それはあなたの言うとおりよ。でも、自殺じゃないわ。あんないつもにやついてる自己満足男が自殺なんてするわけがないわ」

「人はときに誰より愛する者を殺すこともあるそうだ。それが自分自身であることもあるんじゃないか?」

「あの人に関してはないわね」と彼女は断定口調で簡潔に言った。「わたしたちにつきがあれば、警察は彼がバルコニーから転落したと思ってくれるかもしれない。彼が酔っぱらってたのは誰もが知ってるんだから。で、その頃にはわたしはもう南アメリカにいる。わたしのパスポートはまだ有効だし」

「パスポートにはなんて名前が書いてあるんだ?」

彼女は手を伸ばすと、私の頰を指先で上から下に撫でた。「わたしのことはすべてすぐにわかるわ。だから焦らないで。わたしと親密になれば何もかもわかるから。もう少しだけ待てない?」

「いいとも。だったらまずそのアメリカン・エキスプレスと親密になることから始めよう。まだ一時間か二時間は暗い。霧はもっと長く出てるだろう。着替えをするあいだに小切手にサインをしておいてくれ」

　私はジャケットのポケットから万年筆を取り出すと、彼女に渡した。彼女は明かりのそばに坐り、サインしはじめた。舌を歯と歯のあいだからのぞかせて。ゆっくりと慎重にサインした。そのとき彼女が書いた名前はエリザベス・メイフィールドだった。

　ということは、名前はワシントンを出るまえから変えられていたわけだ。

　着替えながら私は思った。彼女というのは、私が死体の始末を手伝ったりするとほんとうに思うほど愚かな女なのだろうか？

　私はグラスをキチネットに戻すついでに銃を取り上げた。そして、スウィングドアが閉まるのを待って、銃とマガジンをレンジのブロイラーの下のトレーに隠すと、グラスをゆすいで拭いた。私が居間に戻って服を着ても、彼女は私のほうを見もしなかった。

　せっせと小切手にサインしていた。サインがすべて終わると、私は小切手のフォルダーを手に取って一枚一枚めくり、ちゃんとサインされているのを確かめた。大金ではあるものの、私には何も意味しない。ポケットにフォルダーを突っ込み、明かりを消してドアに向かった。開けたときには彼女が私の脇に立っていた。すぐそばに。

「こっそり出てくれ」と私は言った。「ハイウェーで拾うよ。ここのフェンスがちょうど終わってるあたりで」

　彼女は私のほうを向いて私のほうに少し体を傾けた。「信用していいのね？」低くて柔らかな声だった。

「ある程度は」

「少なくともあなたは正直な人よ。これをうまくやりおおせられなければ、どうなる？　銃声を聞きつけた人がいて通報していたら？　彼の死体がもう見つかってしまってたら？　警官がいっぱいいるところに、こっちからのこのこ出かけていくようなことになったら？」

　私は立ったままじっと彼女の顔を見つめ、質問には答えなかった。

「当てさせて」と彼女はどこまでも柔らかい声でゆっくりと言った。「そういうことになったら、あなたはさっさとわたしを売り渡すでしょうね。でも、そんなことをしたら五千ドルは手にはいらない。わたしのサインのはいった小切手なんか古新聞と変わらなくなっちゃう。やろうと思っても、たった一枚すらキャッシュにはできない」

　わたしはそれでも何も言わなかった。

「このろくでなし」と彼女は声の高さを半音上げることもなく言った。「どうしてわたしはあなたのところになんか来てしまったのかしら」

　私は彼女の顔を両手ではさみ、唇にキスをした。彼女は私から身を離して言った。

「こんなことのためじゃないわ。断じてこんなことのために来たんじゃないわ。でも、些《さ》細《さい》な問題がもうひとつある。あまりに些細で、あまりにどうでもいいことよ。それはわかってる。わたしもこれまで学んできたから。有能な先生たちから。苦痛でしかない厳しい授業を受けて。それもいっぱい。でも、言っておきたい。わたしは彼を殺してなんかいないわ。ほんとうに」

「とりあえず信じよう」

「無理はしないでいいわ」と彼女は言った。「誰も無理はしなくていい」

彼女は私に背を向けると、ポーチを歩き、階段を降りていった。木々のあいだを抜け、三十フィートばかり離れると、もう彼女の姿は霧に包まれた。

私は部屋の鍵をかけ、レンタカーに乗り込み、夜間用ベルの上の明かりがついているだけで今は閉まっているオフィスのまえを通り、静かな小径を走った。〈ランチョ・デスカンサード〉全体がぐっすりと眠っていた。峡谷の道路を見ると、建築資材や石油を積んだトラックや、トレーラー付きにしろなしにしろ、密閉型大型車両が、都市の生活必需品ならなんでも積み込み、大きな音をたてて走っていた。フォグランプをつけたトラックがいかにも重そうにのろのろと丘の斜面をのぼっていた。

ゲートを出て五十ヤードほど行ったところ――フェンスが終わるあたり――で彼女が物陰から姿を現わし、乗り込んできた。私はヘッドライトをつけた。海のどこかからむせぶような汽笛が聞こえた。ノースアイランド海軍航空基地を飛び立った数機のジェット機が編隊を組み、衝撃波を残し、澄んだ上空を飛び去った。私がダッシュボードのライターを引き抜いて煙草に火をつけるより速く。

彼女は私の脇にじっと坐っていた。無言で正面を見据えていた。とはいえ、私たちが追いついたトラックの後部も霧も見ていなかった。何も見ていなかった。凍りついたかのようにじっとしていた。ひとつの姿勢に凝り固まっていた。絶望に押しつぶされ、石のようになっていた。これから絞首刑に処される者のように。

ほんとうにそうなのか。それとも、彼女は私がこれまで長いあいだに出会った誰も肩を並べられないほどの役者なのか。

10

実際、〈カーサ・デル・ポニエンテ〉は崖のへりに建っていた。まわりには七エーカーほどの広さの芝生と花壇。屋根のある片翼にパティオがあり、ガラススクリーンの向こうにテーブルが何卓か並べられ、真ん中を四つ目格子の垣根のある遊歩道が這っていて、建物の入口まで延びていた。その入口の片側がバーで、もう一方の側がコーヒーショップになっており、アスファルト舗装された地上の駐車場は、花をつけた高さ六フィートほどの灌木に部分的に目隠しされていた。その駐車場にも何台か停まっていた。誰もがみな地下駐車場を使うわけではないのだろう。塩分を含む潮風は車のクロームにあまりよくはないはずだが。

私は地下駐車場に降りる傾斜路の脇のスペースに車を停めた。海の音がすぐ近くに聞こえた。漂ってくるしぶきを感じることも嗅ぐことも味わうこともできた。私たちは車を降り、地下駐車場の入口に向かった。一段高くなった狭い歩道が傾斜路の脇についていた。入口に行く途中に看板が出ていた――〝ロウギアで降りてクラクションを鳴らすこと〟。

彼女に腕をつかまれ、立ち止まらせられた。

「わたしはロビーを通っていくわ。疲れていて、階段はとても無理」

「わかった。それは違法行為じゃない。部屋番号は？」

「一二二四号室。見つかったら、わたしたち、どうなる？」

「何をしてるところを？」

「それを言わせるの？　バルコニーの仕切りから外に放り出してるところよ。外にしろどこにしろ」

「私は蟻塚《ありづか》に立てられた杭《くい》に縛りつけられるだろう。きみのほうはわからない。それはきみがどんな弱みを警察に握られることになるのかによるな」

「まだ朝食も食べてないのによくそんなことが言えるわね？」

彼女は私に背を向け、足早に歩き去った。私は傾斜路を降りた。この手の傾斜路がたいていそうであるように、その傾斜路もカーヴしていた。ガラス張りの狭苦しい詰所が見えた。その中の天井から明かりがひとつ吊るされていた。さらに降りると、詰所には誰もいないことがわかった。車をいじっていないか、洗車場で水を使っていないか、足音をたてていないか、口笛を吹いていないか。夜勤の駐車場係がどこにいて何をしているか、わかるかもしれない物音に耳をすました。地下の駐車場ではかなり小さな音も大きく聞こえるものだが、何も聞こえなかった。

さらに傾斜路を降りて、詰所の屋根とほぼ同じ高さのところまで来た。体を少し屈めると、地下のエレヴェーターホールに上がるほんの数段の階段が見えた。〝エレヴェーター〟という表示板を貼ったドアがあった。そのドアのガラスパネル越しに明かりが見えた。が、それ以外はほとんど何も見えなかった。

三歩進んで、凍りついた。夜勤の駐車場係が真正面から私を見ていた。大型のパッカードのセダンの後部座席にいた。明かりが顔にあたって、かけている眼鏡のレンズにぎらりと反射していた。眼鏡の主は車の隅にいかにも居心地がよさそうにもたれていた。私は突っ立ったまま駐車場係が動くのを待った。動かなかった。頭をシートのクッションにもたせかけ、口を開けていた。どうして動かないのか、私としては知らなければならない。私が眼のまえから消えるが姿を消すまで、寝たふりをしようとしているのかもしれない。オフィスに知らせようとしているのかもしれない。なり、一目散に電話のところまで走り、オフィスに知らせようとしているのかもしれない。

そこで自分の愚かさに気づいた。この男がホテルに出勤するのは夜からだ。そんな男が宿泊客全員を見分けられるわけがない。傾斜路沿いにある歩道は人が歩くためのものだ。しかも時刻はもうすぐ午前四時。あと一時間かそこらで明るくなる。そんな時間に一仕事しようなどと思うホテル荒らしはいない。

パッカードのところまでまっすぐ進み、中の男をのぞき込んだ。車の窓はすべて閉められていた。しっかりと。男は動かなかった。私はドアハンドルに手を伸ばし、音をたてないように気をつけて開けようとした。それでも男は動かなかった。白人ではなかったが、肌の色はとても薄かった。どう見ても寝ていた。ドアを開けるまえからいびきが聞こえた。開けるなり、もろに顔に浴びた――風味をつけたマリファナの甘ったるいにおいが漂った。男はおよそ仕事ができる状態にはなかった。静穏の谷底に沈んでいた。時間の流れが遅くなり、最後には止まってしまう谷底に。世界が色と音楽だけになる谷底に。この男はあと数時間で仕事を失うだろう。お巡りに捕まって留置場にぶち込まれなくても。

私は車のドアを閉め、ガラスパネルのドアまで歩いた。そのドアを抜け、何もかもが剝き出しの小さなエレヴェーターホールにはいった。床はコンクリートで、殺風景なエレヴェーターのドアがふたつ、その横にドアクローザー付きのドアがあった。非常階段に出るドアだ。そのドアを引いて開け、階段をのぼりはじめた。ゆっくりのぼった。十二階プラス地下。かなりある。非常口のドアに出くわすたび数を数えた。階を示す数字がどこにも書かれていなかったのだ。コンクリートの階段同様、重々しくてごつい灰色のドアだった。

十二階の非常口のドアを開けたときには、汗をかき、息もあがっていた。一二二四号室まで歩き、ドアノブを試した。鍵がかかっていたが、すぐに開いた。彼女はドアのすぐそばで待っていたのだろう。私は彼女の脇を通って中にはいり、椅子に坐り込み、息が戻るのを待った。風通しのよさそうな大きな部屋で、フレンチドアの向こうにバルコニーがあった。ダブルベッドがあり、誰かが寝たあとそのままにしてあった。あるいは、そのように見せかけられていた。衣類のあれこれが椅子に置かれ、ドレッサーには化粧品が置かれ、それに旅行鞄。ひとり一泊二十ドルはしそうな部屋だった。

彼女はドアに掛け金を掛けて言った。「何か問題でも？」

「夜勤の駐車場係は麻薬で完全にぶっ飛んでた。仔猫ほどにも無害だったよ」私は椅子からゆっくりと立ち上がり、フレンチドアのほうに向かった。

「待って！」と彼女は鋭い声をあげた。「やっぱり無理よ。こんなこと誰にもできない」

私は突っ立ったまま待った。

「やっぱり警察に知らせる」と彼女は言った。「わたしにとってそれがどういうことになるにしろ」

「それはいい考えだ」とわたしは言った。「どうしてわれわれはそれをもっとまえに考えなかったんだろう？」

「もう行って」と彼女は言った。「こんなことにあなたが巻き込まれなくちゃならない理由なんてひとつもないんだから」

私は何も言わなかった。ただ、彼女の眼を見た。もう眼を開けているだけで一苦労のように見えた。遅れてやってきたショックのためか、あるいはなんらかの薬の作用か。どちらとも判断がつきかねた。

「睡眠薬を二錠飲んだのよ」と彼女は私の心を読んで言った。「今夜はもうこれ以上トラブルには耐えられない。いいから行って。お願い。眼が覚めたらルームサーヴィスを頼むわ。で、ボーイがやってきたら、何か言いつけてバルコニーに行かせて、何を見つけるにしろ、ボーイに見つけさせる。そうやってわたしは何も知らないことにする」だんだん呂《ろ》律《れつ》がまわらなくなっていた。彼女は首を振り、こめかみを強く揉んで言った。「お金のことはごめんなさい。返してもらわなくちゃならない。いいわよね?」

私は彼女に近づいて言った。「返さないと、すべてを警察にぶちまけるとでも言いたいのかな?」

「そうせざるをえないわ」と彼女はいかにも眠そうな声で言った。「ほかにわたしに何ができる? 結局何もかも訊き出されてしまうのがオチよ――もう闘えない。わたしは疲れすぎた」

私は彼女の腕をつかんで揺すった。彼女は頭をぐらぐらさせた。「二錠というのは確かなんだな?」

彼女はまばたきをして眼を開けた。「ええ。二錠以上は絶対飲まないわ」

「だったらよく聞くんだ。私は今からバルコニーに出て、あの男の様子を見たら、〈ランチョ〉に戻る。きみの金はとりあえず預かっておく。きみの銃も。銃をたどっても私に行き着くことはないと思うが――起きろ！　私の話を聞け！」彼女はまた頭をぐらぐらさせていたが、私のことばにびくっとなって眼を見開いた。が、その眼はとろんとしており、まわりとの関わりを断っていた。「聞くんだ。銃をたどってもきみに結びつかなければ、当然私にも結びつかない。私は弁護士に雇われて仕事をしていて、仕事のターゲットはきみだ。旅行小切手も銃もいずれ持ち主のもとに戻るだろうが、いずれにしろ、きみが警察にどんなことを話そうと、それにはおもちゃの紙幣ほどの値打ちもない。むしろきみの首にロープが掛けられるのを早めるだけだ。聞いてるか？」

「ええ――ええ」と彼女は言った。「もう――どうでも――いいのよ」

「今のことばはきみが言ってるんじゃない。薬が言ってるんだ」

彼女はいきなりまえに倒れた。私は受け止め、抱えてベッドまで連れていった。彼女はベッドに身を投げ出すように倒れ込んだ。私は彼女の靴を脱がせてやり、毛布をかけ、彼女の体の下にたくし込んだ。あっというまに眠ってしまった。いびきもかきだした。私はバスルームに行き、手探りで戸棚に睡眠薬のネンブタールの小瓶を見つけた。中身はほとんど減っていなかった。処方番号と日付が書かれていた。日付はひと月まえで、薬局はボルティモアの薬局だった。黄色い錠剤を手のひらに出して数えた。全部で四十七錠あり、瓶はほぼ満杯状態だった。これで死のうと思ったら、全部飲まなければならないだろう——手からこぼす分を差っ引くと。自殺する人間はほぼ必ず薬をこぼす。私は錠剤を瓶に戻し、瓶はポケットに入れた。

彼女の様子を見に戻った。部屋はひんやりとしていた。ラジエーターをつけた。が、あまり高温にはしなかった。最後にようやくフレンチドアを開けて、バルコニーに出た。外はとことん寒かった。バルコニーの広さは十二フィート×十四フィートほど、外に面した塀の高さは三十インチほどで、その上に鉄の手すりがついていた。飛び越そうと思えば容易にできる高さだが、誤ってそこから落ちるというのはあまり考えられなかった。クッションヨン付きの寝椅子がふたつあった。同じタイプの肘掛け椅子もふたつ。左手の仕切り壁は彼女が言ったとおり外に突き出していた。煙突職人でも装具なしにはその出っ張りをまわり込むことはできないだろう。もう一方の仕切り塀は、ペントハウスのテラスのへりと思われるところまで上に垂直に伸びていた。

誰も死んでいなかった。寝椅子の上にもバルコニーの床の上にもどこにも死体はなかった。血痕を探してみたが、なかった。バルコニーにはなかった。私は外側の塀に沿って歩いてみた。血はどこにもなかった。何かが持ち上げられ、塀の上から外に放り出された痕跡もなかった。塀にもたれ、手すりを握り、できるだけ外に身を乗り出してみた。地上まで建物の壁が見られた。地上には灌木が建物のすぐそばに生えていた。それから細長い芝生があり、板石を敷いた遊歩道があり、また細長い芝生になっていた。最後は頑丈なフェンスで、そこにも灌木が繁り、フェンスにその身を押しつけていた。私は距離の見当をつけた。この高さからだと判断はむずかしいが、少なくともフェンスまで三十五フィートはありそうだった。その向こうは海で、半分水中に没した岩に波が砕けて泡立っていた。

ラリー・ミッチェルは私より半インチほど背が高かった。体重はざっと見て十五ポンドは私より軽いだろうが、体重百七十五ポンドの死体を軽々と持ち上げ、塀越しに遠くへ投げ飛ばし、海に放り込むなどということは人間には普通できない。そんな芸当ができるようには生まれついていない。そんなことに彼女が気づかないわけがない。そんなことは〇・一パーセントも考えられない。

私はフレンチドアを開け、中に戻り、ドアを閉め、ベッドの脇まで歩いた。彼女はいびきをかいていた。私は手の甲で彼女の頰に触れた。湿っていた。彼女が少し動いてなにやらもごもごと言った。それから深い吐息をついて、枕に頭を落ち着け直した。喘鳴《ぜんめい》も知覚麻痺も見られなかった。睡眠薬を飲みすぎてはいない。

つまり彼女は真実を語っていたということだ。ほかはともかく、この一件については。

簞笥の一番上の引き出しの中に彼女のバッグがあった。裏にジッパー付きのポケットがついていた。私はバッグの中に小切手を押し込み、念のためにバッグの中身を検《あらた》めた。ジッパー付きのポケットにはぱりっとした札が折りたたまれてはいっていた。それにサンタフェ駅の時刻表、彼女の切符が入れてあったフォルダー、鉄道切符の半券、プルマン車両の寝台予約券。ワシントンD・C発カリフォルニア州サンディエゴ行き一九号車E寝室。手紙はなかった。彼女の身元身分を示す類いのものもなかった。そういうものは旅行鞄に入れて鍵をしてあるのだろう。バッグのメインスペースにはいっていたのは、通常女性が持ち歩くものだった。口紅、コンパクト、小銭入れと小銭、キーリングに取り付けられた鍵が数本。キーリングには小さなトラのブロンズ像がついていた。煙草のパックがひとつ。封は切られていたが、ほとんど吸われていなかった。一本だけ使われているブックマッチ。イニシャルのないハンカチが三枚。爪やすりを入れた箱、爪の手入れをするためのナイフ、眉を手入れするための道具、革のケースに入れた櫛《くし》、マニキュア液を入れた小さな丸い小瓶、それに小さなアドレス帳。見つけるなり取り出した。が、何も書かれていなかった。使われた形跡がなかった。フレームにラインストーンをあしらったサングラスがケースに入れられていた。ケースに名前はなかった。万年筆、小さなゴールドのシャープペンシル。それだけだった。バッグを見つけたところに戻すと、机のところまで歩いた。備え付けのペンと紙と封筒が要《い》った。

ホテルのペンで書いた。――〝親愛なるベティ、ほんとうにすまん、じっと死んでられなくて。明日説明するよ。ラリー〟。

私は封をして封筒の表に〝ミス・ベティ・メイフィールド〟と書いた。そして、ドアのすぐそばの床に置いて、ドアの下の隙間から中に差し込まれたように見せかけた。

　ドアを開け、外に出て閉めると、非常階段のほうに向かいかけ、声に出して言った。「もうどうでもいいか」そう言って、エレヴェーターのボタンを押した。すぐには来なかった。もう一度押し、押しつづけた。ようやくやってきて、眠そうな眼をしたメキシコ人の若いエレヴェーターボーイがドアを開け、私に向けてあくびをし、すまなそうににやりとした。私は笑みを返しはしたが、何も言わなかった。

　エレヴェーターと向かい合ったところにあるフロントデスクには誰もいなかった。メキシコ人のエレヴェーターボーイは椅子に坐った。私がエレヴェーターを降りて五歩も歩いたらもう眠っていることだろう。誰もが眠い時間帯だ。マーロウ以外は。マーロウは昼夜働きつづける。まだ報酬ももらっていないのに。

　車で〈ランチョ・デスカンサード〉に戻っても起きている者は誰もいなかった。私は憧れのまなざしでベッドを見てから、荷造りをして――ベティの銃は底のほうに入れた――封筒に十二ドル入れ、外に出るとオフィスのコテージのドアのスロットにルームキーと一緒に放り込んだ。

　サンディエゴに戻ると、レンタカーを返し、駅前の店で朝食をとった。七時十五分、ロスアンジェルスに直行する客車二両のディーゼル列車に乗り、午前十時きっかりにロスアンジェルスに着いた。

タクシーで家に帰り、ひげを剃り、シャワーを浴び、二度目の朝食をとり、朝刊をざっと眺めた。弁護士のクライド・アムニーに電話をしたときには十一時近くなっていた。

彼本人が出た。ミス・ヴァーミリアはまだ寝ているのだろう。

「マーロウだけれど、帰ってきた。そっちに寄ってもいいかな？」

「彼女を見つけたのか？」

「ああ。ワシントンには電話したかい？」

「彼女はどこにいる？」

「会って話すよ。ワシントンには電話をしたのかい？」

「さきにきみの情報が欲しい。今日は予定が立て込んでるんだ」刺々しくて愛想のかけらもない声音だった。

「三十分でそっちに行く」そう言って、私はそそくさと電話を切り、愛車のオールズモービルを預けているガレージに電話した。

11

クライド・アムニーのオフィスのようなところはこの世にありすぎるほどある。壁は直角に嵌め込んだ櫛目模様の四角い合板張りで、チェッカーボードを思わせる。明かりは間接照明で、床には隙間なく絨毯が敷かれ、家具はどれも薄い色で、椅子も坐り心地がいい。たぶん依頼料はとんでもない数字だろう。金属枠の窓があり、その向こうは建物の裏手で狭くともこぎれいな駐車場があり、駐車区画のひとつひとつに白い板が掲げられ、名前が書かれている。どういうわけか、クライド・アムニーの駐車スペースが空いていたので、私はそこにオールズモービルを停めた。もしかしたら、彼にはオフィスに送り届けてくれるお抱え運転手がいるのかもしれない。建物は四階建てで、とても新しく、テナントは全員医者か弁護士だった。

オフィスにはいると、ミス・ヴァーミリアがその日の重労働に備えてプラチナブロンドの髪を整えていた。いささかお疲れのようで、手鏡をしまうと、煙草に火をつけた。

「これはこれは。ミスター・タフガイ、自らお出ましになったのね。この栄誉をわたしたちはどのように考えればいいのかしら?」

「アムニーには連絡済みだ」

「あなたにとってはミスター・アムニーでしょ、お兄さん」

「きみにとってはとっても仲よしのボスか、姐《ねえ》ちゃん」

一瞬にして彼女は怒った。「三文探偵風情に気安く〝姐ちゃん〟呼ばわりされるいわれはないから！」

「だったら私のことも〝お兄さん〟なんぞと気安く呼ぶな、超高級秘書くん。それより今夜の予定は？　また四人の水夫とデートの約束があるなんて言わないでくれよな」

眼のまわりの皮膚の色が白くなった。指を鉤爪のようにして文鎮をつかんだ。さすがにそれを私に投げつけはしなかったが。「この最低男！」かわりにことばを投げつけてきた。そこでインターフォンのスウィッチを弾き、応じた声に言った。「ミスター・マーロウがお見えです、ミスター・アムニー」

そう言って、椅子の背にもたれると、私を見て言った。「わたしには友達がいるの。あなたなんか、靴を履くにも踏み台がいるほど小さく切り刻んでくれる友達がね」

「どこのどいつにしろ、そういう台詞を考えつくには大いに苦労したんだろうが」と私は言った。「苦労は才能のかわりにはならない」

そこでいきなりわれわれは笑いだした。ドアが開き、アムニーが顔をのぞかせ、中にはいるよう顎で示した。が、その眼はずっとプラチナ娘に向けられていた。

私が中にはいると、彼はすぐにドアを閉め、巨大な半円形の机の向こうにまわった。机には緑の革のデスクマットが敷かれ、その上には重要そうな書類の山があった。アムニーはこざっぱりとした身なりで、実に念の入った着こなしだったが、脚が短すぎ、鼻が長すぎ、髪が薄すぎた。ただ、弁護士にしては大いに信頼が置けそうな、きれいに澄んだ茶色の眼をしていた。

「私の秘書を口説こうとしてたのか?」と彼は私に尋ねた。その声はおよそきれいに澄んでいるとは言えなかった。

「いや、軽口を叩き合ってただけだよ」

私は依頼人用の椅子に坐り、いくらかは礼儀をわきまえた眼で彼を見た。

「私には彼女が怒ってるように見えたが」彼は重役椅子に腰をおろし、いかにもタフそうな顔をつくってみせた。

「彼女は向こう三週間予約がはいってるみたいでね」と私は言った。「私はそこまで待てない」

「足元には気をつけることだ、マーロウ。よけいなことはするな。彼女はうちの人間だ。きみのために割《さ》ける時間なんぞない。それに彼女は見目麗《みめうるわ》しいだけじゃなくて、頭も切れる女性だ」

「それはつまりタイプや口述筆記も同じくらい巧《うま》いということかな?」

「何と同じくらいだと言いたいんだ？」彼の顔がいきなり真っ赤になった。「へらず口はもう要らん。足元には気をつけろと言ってるんだ。慎重でいることだ。私はこの街のあちこちに影響力を持っている。だからきみを窮地に陥らせることなど手もなくできる。それより報告を聞かせてもらおう。手短に要領よく話してくれ」

「ワシントンとはもう話したのかな？」

「私が何をしようと何をすまいときみには関係のないことだ。今要るのはきみの報告だ。それ以外のことはきみには関係ない。キングという娘は今どこにいる？」そう言って彼は芯のとがった洒落《しやれ》た鉛筆ときれいな洒落たメモパッドに手を伸ばした。そして、手にした鉛筆をいったん置いて、黒と銀色の魔法瓶からグラスに水を注いだ。

「取引きをしよう」と私は言った。「どうして彼女を見つけたいのか教えてくれたら、彼女の居場所を教えるよ」

「きみは私に雇われてるんだぞ」と彼はぴしゃりと言った。「どんな情報であれ、私のほうからきみに教える義理はない」強面《こわもて》はまだ保っていたが、そのへりが少しほつれはじめていた。

「私がおたくに雇われるのは自分から雇われたいと思ったときだけだよ、ミスター・アムニー。受け取った小切手はまだ現金化してないし、雇用契約もまだ結んじゃいない」

「きみは私の指示に従った。前金も受け取った」

「確かにミス・ヴァーミリアから、前金として二百五十ドルの小切手と、必要経費として二百ドルの小切手を受け取ったよ。だけど、私はまだそれを現金化してない。小切手はそのままここにある」そう言って、私は札入れから二枚の小切手を取り出し、アムニーのまえの机に置いた。「それはおたくが持っていてくれ。でもって、自分が必要としてるのが調査員なのか、それともイエスマンなのか、結論を出してくれ。こっちも自分は仕事のオファーを受けているのか、それとも、何も知らされないことにただ首を突っ込んでるヌケ作を演じさせられているのか、見きわめたい」

　彼は机の上の小切手を見た。あまり幸せそうな顔はしていなかった。「経費はもう使ってるはずだが」とおもむろに言った。

「それはいいよ、ミスター・アムニー。私にも貯えはあるし、経費は税金控除の対象になるし。それにここまでそれなりに愉しめた」

「きみは頑固な男だな、マーロウ」

「たぶん。それでも私の仕事じゃ、そうならないわけにはいかないんだよ。さもないと、いずれ誰からも相手にされなくなる。彼女が脅迫されているというのはもう報告したが、ワシントンのおたくの友達はそのわけを知ってるはずだ。彼女が悪党ならそれはそれでかまわない。いずれにしろ、私には知る必要がある。ついでに言っておくと、私はおたくにはとても出せないような条件のオファーを受けている」

「金のためならどっちの側にも立つというのか？」と彼は苛立たしげに言った。「そういうのは職業倫理に反するんじゃないのか？」

私は笑って言った。「倫理なんぞということばが出てくるとはね。それでもこれで少しは話が進むのかな？」

彼は煙草入れから煙草を取り出し、腹の部分が丸くなったライターで火をつけた。そのライターは魔法瓶とペンセットと揃いになっていた。

「きみの態度はどうにも気に入らない」と彼はうなるように言った。「昨日までは私もきみ同様何も知らなかった。ただ、評判の高いワシントンの法律事務所が法倫理に悖《もと》るような依頼などしてくるわけがないとは思った。その娘を逮捕できるのなら容易に向こうでしていただろうから、私としては、これは家庭内のごたごたか、妻か娘が家出したのか、不承不承《ふしょうぶしょう》証人台に立つことになっていた証人が召喚状の効力の届かないところに行ってしまったのか、そんな事件なんだろうと思った。あくまでも推測だがね。それが今朝になって様相がいささか変わってきた」

彼は立ち上がると、大きな窓のところまで歩き、ブラインドの羽根の向きを調節して机に陽射しがあたらないようにした。そのあとそこに佇み、しばらく外を眺めてから机に戻ってきて椅子に坐った。

「今朝」と彼は賢者然と眉をひそめて言った。「ワシントンの同業者と話してわかったのだが、娘はさる大金持ちの重要人物の個人秘書だった。その重要人物の名前までは教えてもらえなかったが、いずれにしろ、娘はその重要人物の個人ファイルから危険な重要書類を持ち出して逃げた。その書類は公になると、彼に大変なダメージを与えるものらしい。どういう方面の書類なのかはこれまた教えてもらえなかったが。もしかしたら、その重要人物は税金をごまかしていたのかもしれない。このご時世、何があってもおかしくない」

「彼女はその重要人物とやらを脅迫するために書類を持ち出した？」

彼はうなずいて言った。「まあ、そう考えるのが自然だろう。彼女にとってはなんの価値もない書類なのだろう。依頼人のミスター・A——とりあえずそう呼ぼう——はその若い女が別の州に移動するまで女がいなくなったことにも気づかなかった。そのあとファイルを調べて問題の書類がなくなっていることに気づいたわけだ。しかし、彼としては警察には届けたくなかった。で、もう安全と思えるところまで逃げたところで、女が交渉してくるのを待つことにした。高額でその書類を買い取らされることになっても。同時に、女に知られることなく居場所を突き止め、そこへ乗り込み、女の不意を突こうとも考えた。彼女が狡猾な弁護士を見つけるまえに。残念ながら、そういう弁護士は——罪に問われることのないように、法的な細工を彼女に提供しようとする弁護士は——いすぎるほどいるからね。ところが、きみは彼女が誰かに強請られていると言う。いったいどうしてそんなことになる？」

「おたくの話がほんとうなら、逆にその誰かが彼女を強請れる立場にいるんだろうよ」と私は言った。「彼女が抱えてる〝キャンディの箱〟を開けなくても、そいつには彼女を窮地に陥れることができるんだろう」

「〝私の話がほんとうなら〟というのはどういう意味だね？」と彼は語気を強めて言った。

「おたくの話はシンクの排水口の網くらい穴だらけだという意味さ。おたくはうまく言いくるめられてるんだよ、ミスター・アムニー。そもそも保管しなきゃならないとして、人はおたくが言ったような重要な書類をどんなところに保管する？　どこであれ、それは秘書が簡単に持ち出せるようなところじゃないよ。それに女が逃げ出すまえから書類がなくなっていることに気づいてないかぎり、どうすれば彼女が列車に乗るところまで尾《つ》けられる？　それにカリフォルニア行きの切符を買おうと何しようと、彼女にはどこでも途中下車ができるわけで、となると、車中でも見張らなきゃならない。それができていれば、どうして彼女を見つけるために私がわざわざ雇われなきゃならない？　さらにこれはおたく自身が言ったことだけど、こういう仕事は国じゅうに広いコネを持つ大きな探偵社向きの仕事だよ。それを個人営業の探偵に任せるなど馬鹿げてる。実際、昨日私は彼女を見失った。また見失うかもしれない。そこそこ大きな都市で人を尾行しようと思ったら、最低でも六人は要る――言っておくが、最低でもだ。かなりでかい都市となると、十二人は要るだろう。尾行者も食事をとらなきゃならないし、眠らなきゃならない。シャツも替えなきゃならない。車で尾行する場合には、運転手が駐車できる場所を探すあいだにも尾行を続ける者がもうひとり要る。出入口はデパートにもホテルにもだいたい五、六個所はある。ところが、この娘はユニオン駅に三時間居坐っていた。誰の眼にもさらされて。一方、ワシントンのおたくの友達はおたくに写真を送り、電話をかけたら、そのあとはすぐそれまで見ていたテレビをまた見はじめた」

「言いたいことはよくわかった」と彼はまったくの無表情で言った。「ほかには？」

「ほんの少しだけ。尾《つ》けられると思っていなかったのだとしたら、彼女はどうして名前を変えた？　逆に尾けられることがわかっていたのなら、どうして尾行者の仕事をここまで楽にしたんだね？　まえにも言ったとおり、この件にはほかにふたりの男がからんできている。ひとりはカンザスシティの私立探偵で、ゴーブルという男だ。そいつは昨日エスメラルダにいた。それはつまり自分がどこに行けばいいのか知っていたということだ。誰が彼にそれを教えたんだね？　こっちは彼女を尾行するのにタクシーの運転手に袖の下をつかませなきゃならなかった。タクシーの無線を使って彼女の行き先を確かめるのに。また見失ったりしないように。私はなぜ雇われたんだね？」

「そのことについてはあとで話すよ」とアムニーはそっけなく言った。「この件にからんできているふたりのうちもうひとりはどういう男なんだ？」

「ミッチェルという遊び人だ。エスメラルダに住んでいて、彼女とは列車で一緒になって、彼女のためにエスメラルダのコテージを予約した。ふたりの仲はこんなふうだった」――私は指を立てて指先をくっつけた――「ただ、彼女のほうはミッチェルを心底嫌ってるようだった。ミッチェルに弱みを握られ、そのため彼を怖れているようだった。いずれにしろ、彼女はほんとうは何者なのか、どこから来たのか、彼女が来たところでは何があったのか、どうして彼女は偽名を使っているのか。ミッチェルはそういうことを知ってるんだろう。そこまでは耳をすませばなんとか聞こえてきたよ。だけど、それだけじゃ充分な情報とはとても言えない」

アムニーは辛辣《しんらつ》な口調で言った。「若い娘は列車の中でも監視されていた、もちろん。きみは、自分が相手にしているのはどいつもこいつもヌケ作だとでも思ってたのか？　きみはただの囮《おとり》だったのさ。彼女に共犯者がいないかどうか見きわめるための。こっちはこう踏んでた。きみの評判からして――実際そのとおりになったわけだが――きみはスタンドプレーに出るにちがいない、とね。自分の存在を自分から彼女に知らせるだろうと。〝オープン・シャドウ〟というのがどういうものかはきみも知ってると思うが」

「ああ、もちろん。わざと相手に気づかせ、自分を撒くように仕向ける尾行者のことだ。相手が安全と思ったときには別なやつがそいつを尾けてる」

「きみはそれだったのだよ」彼はいかにも人を小馬鹿にしたようににやりと笑った。「きみはまだ彼女の居場所を話してない」

話したくはなかった。が、話さねばならないことはわかっていた。彼の依頼を受けることは受けたのだから。金を返してみせたのはあくまで彼から情報を引き出すための芝居だ。私は彼の机の上に手を伸ばし、二百五十ドルの小切手を取り上げた。「これは報酬としてもらっておく。経費は込みでいい。彼女はエスメラルダの〈カーサ・デル・ポニエンテ〉にミス・ベティ・メイフィールドの名で宿泊してる。たんまり金を持ってる。もちろん、おたくの有能な探偵社はそんなことぐらい先刻承知だろうが」

私は立ち上がった。「愉しい旅だったよ、ミスター・アムニー」

そう言って部屋を出るとドアを閉めた。ミス・ヴァーミリアが雑誌から眼を上げた。彼女の机の上のどこかからカチリというかすかな音がくぐもって聞こえた。

「さっきは失礼な真似をしてすまなかった」と私は言った。「ゆうべあまり眠れなくてね」

「忘れて。わたしのほうもやさしくなかった。でも、少し努力すれば、あなたのことが好きになれるかも。あなたには下卑《げび》たキュートさがある」

「それはどうも」そう言って、私はドアに向かった。正確なところ、彼女はものほしそうにしているとは言えなかった。とはいえ、ゼネラル・モーターズの企業支配権を取得するほど困難にも見えなかった。

私は開けかけたドアを閉めて振り向いた。

「今夜は雨は降らないよね？　今夜が雨なら、酒でも飲みながら何かを話題に話し合うこともできただろうに。それときみがさほど忙しくしていなければ」

彼女は面白がっている眼を冷静に私に向けた。「どこで？」

「それは任せる」

「わたしがあなたの家に行くというのは？」

「それは嬉しいね。私の家のまえにキャディラック・フリートウッドが停まれば、私の信用基準も上がろうというものだ」

「そういうことは考えてなかったけど」

「私もだよ」

「たぶん六時半に。ストッキングには注意することにするわ」

「期待してるよ」

互いの視線がからみ合った。私は急いで部屋を出た。

12

六時半、玄関のドア越しにフリートウッドのエンジン音が聞こえた。彼女が階段をあがってきたのに合わせて私はドアを開けた。帽子をかぶっておらず、薄いピンクのコートを着ていた。立てた襟がプラチナブロンドに触れていた。居間の真ん中に立つと、しなやかな動きでコートを脱ぎ、それをソファに放って坐った。

「ほんとうに来るとは思ってなかった」と私は言った。

「でしょうね、あなたはシャイな人だから。ちゃんとわかってたくせに。スコッチのソーダ割り。あれば」

「あるよ」

私は飲みものを持ってきて、彼女の横に坐った。と言っても、意味を持つほど近くにではなく。われわれはグラスを合わせ、飲んだ。

「〈ロマノフ〉で夕食というのはどうだろう？」

「それから何をするの？」

「きみはどこに住んでる？」

「ウェスト・ロスアンジェルス。古くて静かな通りに建つ一軒家に住んでる。因《ちな》みにその家はわたしの持ち家よ。それよりわたしがさきに訊いたんだけど。それから何をするの？忘れた？」

「それは当然のことながらきみ次第ということになるだろうな」

「あなたのことはタフガイなんだと思ってたけど、今のあなたのことばだと、わたしはあなたと寝なくてもいいの？」

「そういう生意気なことをいうやつはひっぱたくしかないな」

彼女はいきなり笑いだすと、グラスのふち越しに私を見て言った。

「そんなことをしたらどうなると思う？　いずれにしろ、わたしたちはお互いちょっと誤解してたみたいね。〈ロマノフ〉はいつでも行けるわ」

「だったら、最初にウェスト・ロスアンジェルスを試そう」

「どうしてここじゃいけないの？」

「こんなことを言うと、きみはさっさとここを出ていくかもしれないが、ここは夢を見た場所なんだ。一年半ほどまえに。その残骸がまだ残っていて、私としてはそれをまだ残しておきたいんだ」

彼女はすばやく立ち上がると、コートをつかんだ。私はどうにか彼女がコートを着るのを手伝って言った。

「すまん。さきに言うべきだった」

彼女は振り向き、私の顔に自分の顔を近づけた。それでも私は彼女に触れなかった。

「あなたはここで夢を見た。その夢をまだ生かしつづけたい。だから謝ってるの？　夢ならわたしも見たわ。でも、わたしの夢は死んでしまった。それを生かしつづける勇気がわたしにはなかったから」

「いや、そういうのじゃないんだ。ひとりの女がいた。金持ちの。その女は私と結婚したがっていた。本人はそう思っていた。もしかしたらそのとおりになっていたかもしれない。たぶん彼女にはもう二度と会わないだろう。でも、忘れはしないだろう。

「行きましょう」と彼女は小声で言った。「とりあえず思い出は生かしつづけることにして。わたしにも覚えつづける値打ちのある思い出があればいいのにって思う」

階段を降りて、キャディラックに向かうあいだも私は彼女に触れなかった。彼女の運転はすばらしかった。真に運転のすばらしい女性はもうそれだけでほぼ完璧な存在と言える。

13

その家はサンビンセンテ通りとサンセット大通りのあいだにある、曲がりくねった静かな通りに建っていた。通りからかなり離れたところにあって、長い私道が延びていた。玄関は建物の裏手で、そのまえには小さなパティオがあった。彼女は玄関のドアの鍵を開けると、家全体の明かりをつけ、何も言わずに姿を消した。洒落た組み合わせの家具が置かれた居間は、いかにも居心地がよさそうだった。待っていると、彼女は飲みものをふたつ手に持って現われた。コートはもう脱いでいた。

「きみは結婚してた、もちろん」と私は言った。

「うまくいかなかったけど。でも、この家とお金がいくらか残った。そういうことを思って結婚したんじゃないけど。いい人だったわ。それでもうまくいかなかった。もう死んじゃった。飛行機事故で。ジェット機のパイロットだったのよ。よくあることよ。ここサンディエゴのあいだには、まだ生きてるうちにジェット機のパイロットと結婚した女たちがいっぱいいいる場所がある。わたしはその場所をよく知ってる」

私は飲みものに軽く口をつけ、グラスを置いた。

そのあと彼女のグラスを取り上げ、それも置いた。

「昨日きみは脚を見るのはやめてと言った。覚えてるかい？」

「たぶん」

「またやめさせてくれ」

私はそう言って彼女を抱え上げた。彼女はひとことも発することなく私に身を委ねた。私はどうにか寝室を見つけて、彼女をベッドに寝かせると、彼女のスカートをめくった。ナイロンに包まれた長く美しい脚が見えた。さらにその上の白い素肌の太腿も。彼女はいきなり手を伸ばして私の頭をつかむと、自分の胸に押しつけて言った。

「この獣《けだもの》！　明かりを落とさない？」

私はドアのところまで行き、部屋の明かりを消した。それでも廊下の明かりがぼんやりと射し込んでいた。振り向くと、彼女はベッドの脇に立っていた。エーゲ海からあがってきたばかりのアフロディテのように、一糸まとわぬ姿で。どこか誇らしげだった。恥じらいも媚びもなかった。

「まったく」と私は言った。「私が若かった頃は相手の服をゆっくり脱がすことができた。近頃はこっちが襟のボタンをもたもたはずしているあいだにもう相手はベッドにはいってる」

「だったら、襟のボタンをもたもたはずしてみせて」

そう言って、彼女はベッドカヴァーを剝ぐと、恥じらいのない裸体をベッドに横たえた。自分が自分であることをいささかも恥ずかしく思っていない全裸の美女。まさにそれだ。

「わたしの脚にはご満足？」と彼女は訊いた。

私は何も答えなかった。

「昨日の朝」と彼女はどこか眠そうな声で言った。「あなたにはわたしが好きなところ――むやみに触ってこないところ――と好きじゃないところがあるって言ったけど、好きじゃないところはなんだかわかる？」

「いや」

「あのときにはこうならなかったところ」

「きみの態度もおよそ男を勇気づけるものとは言えなかった」

「推理するのがあなたの仕事じゃないの？　明かりを全部消して」

そのあとすぐ彼女は暗がりの中でもう声をあげていた。「ダーリン、ダーリン、ダーリン」こうした特別なときに女性が使うあのきわめて特別な声音で。そのあとおだやかなくつろぎがゆっくりと訪れた。平穏と静けさだ。

「今でもわたしの脚に満足してる?」と彼女はまだどこか眠そうに言った。

「それはどんな男にも無理だな。何度きみと愛し合おうと、男はきみの脚に憑《つ》かれたようになる」

「あなたってほんとにいけ好かないやつね。ほんとにほんとに。もっとくっついて」

彼女はそう言って頭を私の肩にのせた。私たちはさらにくっついた。

「あなたのことは愛してないわ」と彼女は言った。

「それで別に不都合はないよ。でも、そのことでお互いシニカルになるのはやめよう。世の中には至福の一瞬というものがある——それがただの一瞬であっても」

私に押しつけられた彼女の体が温かく引きしまった。体内のエネルギーが高まったのだろう、彼女はその美しい腕できつく私を抱いた。

暗がりの中でまたくぐもった叫びがあり、そのあとまたゆっくりと平穏が訪れた。

「あなたのことなんか嫌いよ」と彼女は自分の唇を私の唇に押しつけて言った。「このことのせいじゃなくて。完璧なものが二度やってくることは絶対ない。おまけにわたしたちの場合、やってくるのが早すぎた。だからわたしはもうあなたには会わない。会いたくない。永遠かこれっきりか、そのどっちかしかないんだから」

「人生の悪い面ばかり見て、心が冷えきってしまった蓮っ葉《はすっぱ》な女みたいな口ぶりだな」

「あなたも似たようなものよ。わたしたちはふたりともまちがってた。これってなんの役にも立たないことよ。もっと強くキスして」

彼女はほとんど音もたてず、これといった動きもなく不意にベッドを出た。

そのしばらくのち、廊下の明かりがついた。彼女は、ゆったりとした、丈の長い部屋着を着てドア口に立っていた。

「さよなら」とおだやかな声音で言った。「タクシーを呼んだから、玄関を出たところで待っていて。もうあなたがわたしに会うことはないわ」

「アムニーのことは？」

「あの哀れなヤワ爺。あの人には自尊心を支えてくれる人が要るのよ。自分には力があるって、誰でも屈服させられるって思わせてくれる人がね。わたしは彼にそう思わせてあげてる。女の体って、利用できないほど神聖なものでもなんでもないわ——愛に失敗した女の体はなおさら」

そう言って彼女はドア口から姿を消した。私は起きて服を着ると、家を出るまえに耳をすました。何も聞こえなかった。声をかけてみた。が、返事はなかった。家のまえの歩道に出ると、ちょうどタクシーが縁石に近づいてきた。

私は振り返った。どこにも明かりはついていないようだった。

誰も住んでいないのだ。すべては夢だったのだ。ただ、誰かがタクシーを呼んだだけで。

私は乗り込み、家に帰った。

14

ロスアンジェルスを離れ、オーシャンサイドのバイパス、スーパーハイウェーにはいった。考える時間はたっぷりあった。

ロスアンジェルスからオーシャンサイドまでは十八マイルほどあり、スーパーハイウェーで結ばれているが、道沿いの小高い土手に寄せて車が点々と打ち捨てられている。壊れた車、丸裸にされた車が錆び朽ちるまま、牽引《けんいん》されるのを待っている。私は考えた。どうしてエスメラルダに戻ろうとしているのか。これはもう既決案件であり、私はもうこのことには関わっていない。私立探偵のところにやってくるのはだいたいのところ、わずかな依頼料で多くの情報を欲しがる依頼人だ。情報は得られることも得られないこともある。

それはそのときそのときの状況次第だ。報酬もご同様。ただ、たまに情報だけでなく、よけいなものまで手にはいってしまうことがある。見にいってみると、なくなっていたバルコニーの死体とか。常識は私にこう告げている。さっさと家に帰ってそんなことは忘れてしまえと。どうせ金にはならないんだからと。しかし、常識の声はいつも遅れてやってくる。常識とは、今週車の鼻づらをぶつけてしまったわれわれに、先週のうちにブレーキの点検をしておけばよかったね、などとほざくやつらと変わらない。自分がチームに加わっていたら、先週末の試合には勝てたなどとのたまう月曜日のクウォーターバックとも。しかし、それはありえない。そのクウォーターバックは尻のポケットにフラスクを忍ばせ、スタンドの高いところから観戦していたのだから。常識というのは計算まちがいなど決してしない、グレーのスーツを着た小男だ。もっとも、彼が数えているのは常に他人の金だが。

ハイウェーの出口を降りて谷をくだり、〈ランチョ・デスカンサード〉に着いた。ジャックとルシールはいつもの持ち場にいた。私はスーツケースを置いて、カウンターに身を乗り出した。

「勘定は置いていった金で足りたかな?」

「ええ、ありがとうございました」とジャックは言った。「またお泊まりになるんですね?」

「できれば」

「どうして探偵だって言ってくれなかったんです？」

「なんという質問なんだ」と私は言って彼ににやりとしてみせた。「自分から自分は探偵ですって名乗る探偵がいるか？　きみもテレビは見るんだろ？」

「時間があれば。でも、そうしょっちゅうは見てません」

「テレビの探偵は見ればすぐわかる。絶対帽子を脱がないんだよ。きみはラリー・ミッチェルのことをどれだけ知ってる？」

「何も」とジャックはいささか固い声音で言った。「ここのオーナーのミスター・ブランドンの友達というのは知ってるけど」

ルシールが明るい声で言った。「タクシーの運転手のジョー・ハームズには会えました？」

「ああ。助かったよ」

「それで――？」

「ああ」

「ちょっとしゃべりすぎだぞ、ダーリン」とジャックがぴしゃりと言った。そのあと私にウィンクをしてみせ、カウンターの上の鍵を私のまえに押し出した。「ルシールは毎日退屈してるんです、ミスター・マーロウ。ここでぼくと交換台だけを相手にしてるんで。それに豆粒みたいなダイアモンド。あんまり小さいんであげるのが恥ずかしかったくらいです。でも、男に何ができます？　愛してる女性の指には光るものを贈りたいもんです、男なら誰だって」

ルシールは左手を上げると、小さな石によく光があたるよう手のひらをくるくるまわして言った。「これ、大嫌い。日光や夏や輝く星や満月が嫌いなのと同じようにわたしはこれが嫌いなの。そんなふうに嫌いなの」

私は鍵とスーツケースを取り上げ、彼らから離れた。あと少しでも彼らとつき合っていたら、自分に恋した挙句、ひかえめで小さなダイアモンドの指輪を自分にプレゼントしていたかもしれない。

15

〈カーサ・デル・ポニエンテ〉の館内電話で一二二四号室を呼び出したが、誰も出なかった。私はフロントまで行った。強《こわ》ばった表情のフロント係が手紙の整理をしていた。彼らはいつも手紙の整理をしている。

「ミス・メイフィールドはこのホテルに泊まってるんだよね？」と私は尋ねた。

フロント係は箱に一通入れてから答えた。「はい、そうです。あなたさまのお名前をいただけますか？」

「彼女が泊まってる部屋はわかってるんだが、電話に出ないんだ。彼女を今日見かけたかい？」

フロント係はほんの少しだけ私に関心を向けた。さして期待できる関心ではなかったが。「お見かけしていないと思いますが」そう言って、彼は肩越しにうしろを振り返った。「鍵は預けておられませんね。メッセージをお残しになりますか？」

「実はちょっと心配してるんだよ。ゆうべは具合が悪そうだったから。部屋にいるのに、体調が悪くて電話に出られないのかもしれない。私は彼女の友人で、マーロウという者だ」

彼は品定めするように私をとくと見た。賢い眼をしていた。会計オフィスのほうにある衝立《ついたて》の向こうに姿を消し、誰かと話をすると、すぐ戻ってきた。笑みを浮かべていた。

「ミス・メイフィールドがご病気ということはないかと思います、ミスター・マーロウ。ミス・メイフィールドはヴォリュームたっぷりの朝食をルームサーヴィスでご注文なさっています。それに昼食も。電話も何本か受けておられます」

「ありがとう」と私は礼を言った。「だったら伝言を頼む。私の名前を言って、また電話すると言っていたと伝えてほしい」

「ミス・メイフィールドはホテルの敷地内におられるか、あるいはビーチに出ておられるのかもしれません。防波堤に守られた暖かいビーチがすぐそばにございます」彼はうしろの壁時計を見やった。「でも、ビーチにおられるとしても、そう長くはいらっしゃらないと思います。そろそろ寒くなってきていますので」

「わかった。また来るよ」

ロビーの主要部分は、階段を三段ばかりあがってアーチを抜けたところにあり、そこにただ坐っているだけの人たちがいた。献身的なホテルのラウンジ居坐り族。たいていは年配女性で、たいていは金持ちで、たいていは何もしていない。物欲しげな眼であたりを観察する以外。そんな中、紫に染めた髪にパーマをかけた老女がふたり、特注のキングサイズのカードテーブルに置かれた巨大なジグソーパズルと格闘していた。さらに奥ではふたりの女性とふたりの男性がトランプのカナスタに興じていた。女性のひとりはモハーヴェ砂漠を冷やせるくらい宝石類《アイス》をたっぷり身に着け、豪華帆船を一隻まるまる塗装できそうなくらいたっぷり顔に塗りたくっていた。そして、長いシガレットホルダーで煙草を吸っていた。もうひとりの女性も。ふたりと一緒の男のほうはどちらも陰気な顔つきで、くたびれて見えた。小切手にサインするのに疲れ果ててしまったのだろう。そのさらに向こう、ガラス越しに外が眺められるところでは、若いカップルが手を握り合って坐っていた。若い女はダイアモンドとエメラルドを身に着け、指先でずっと結婚指輪を弄《もてあそ》んでいた。どこかぼうっとしているように見えた。

私はバーを抜けて外に出ると、庭園をぶらつき、さらに断崖の上を曲がりくねって這っている小径を歩いた。昨夜ベティ・メイフィールドの部屋のバルコニーから見下ろした場所は容易に見つかった。ペントハウスのテラスのへりの真下だ。

海水浴のためのビーチと防波堤が百ヤードほど続いており、崖の上からビーチに降りる階段があり、ビーチに寝転んでいる人たちも見えた。水着を着ている者もいれば、ショートパンツ姿の者、ただ毛布を敷いてそこに坐っている者もいて、叫んで走りまわっている子供もいた。ベティ・メイフィールドはいなかった。

私はホテルに戻り、ラウンジの椅子に坐った。

煙草を吸った。ニューススタンドで夕刊紙を買い、ざっと眼を通して捨てた。フロントまで行った。私の伝言メモはまだ一二二四号室の棚に入れられたままだった。館内電話のところまで行き、ミスター・ミッチェルに電話した。誰も出なかった。申しわけございません、ミスター・ミッチェルは只今電話に出られません。

背後から女性の声がした。「フロント係に言われたんですが、わたしにお会いになりたいとか、ミスター・マーロウ」と彼女は言った。「ミスター・マーロウですよね?」

朝のバラのように生き生きとした女性だった。濃いグリーンのスラックスにサドルシューズ、白いシャツの上にグリーンのウィンドブレイカーというでたちで、首にゆるくペイズリー織りのスカーフを巻いていた。髪に巻いた細いリボンが風に吹かれているような効果をあげている。

ボーイ長が六フィートほど離れたところで聞き耳を立てていた。私は言った。「ミス・メイフィールド？」

「ええ、ミス・メイフィールドです」

「外に車があります。地所を見てまわる時間はありますか？」

彼女は腕時計を見た。「そうですね、あると思います。あとで着替えをしなくちゃなりませんけど、ええ、ええ、大丈夫です」

「こちらへ、ミス・メイフィールド」

彼女は私の横にやってきた。われわれはロビーを横切った。自分がとてもくつろいだ気分になっているのに気づいた。ベティ・メイフィールドはジグソーパズルをやっているふたりに剣呑《けんのん》な眼を向けて言った。

「ホテルなんて大嫌い。十五年経ってここに来ても、同じ人たちがまだ同じ椅子に坐ってるんじゃないかしら」

「でしょうね、ミス・メイフィールド。ところで、クライド・アムニーという人物をご存知かな？」

彼女は首を振った。「知ってなくちゃいけないの？」

「ヘレン・ヴァーミリアは？　ロス・ゴーブルは？」

彼女はまた首を振った。

「何か飲む？」

「いえ、今はけっこう」

私たちはバーを出て、小径を歩いた。私は彼女のためにオールズモービルのドアを開けた。駐車スペースをバックで出て、グランド通りを丘陵地帯に向かって走った。彼女はフレームにラインストーンをあしらったサングラスをかけて言った。「小切手があったけど。あなたって相当変わった探偵なのね」

私はポケットに手を入れて、睡眠薬を入れた瓶を取り出して言った。「ゆうべはちょっと心配したよ。錠剤の数を数えてみたけど、そもそも何錠あったのかわからないわけだからね。きみは二錠と言ったけど。しっかり眼が覚めないまま、ひとつかみ口に放り込まなかったともかぎらないからね」

彼女は睡眠薬の瓶を私の手からつかみ取ると、ウィンドブレイカーのポケットに入れた。

「ゆうべはわたし、けっこう酔っていた。アルコールと睡眠薬って最悪の組み合わせよ。それで意識を失っちゃったみたいだけど、ただそれだけのことよ」

「そのときにはなんとも判断がつかなかった。その睡眠薬で死ぬには少なくとも三十五錠は飲まなきゃならない。それでもすぐ死ぬわけじゃない。何時間かはかかる。脈拍も呼吸も普通に思えたが、あとになって変化することも考えられる。医者を呼んだりしたら、あれやこれや説明しなきゃならなくなる。過剰摂取ということなら、たとえ眼が覚めても殺人課に通報される。警察は自殺未遂だったのかどうか徹底的に調べる。いずれにしろ、私の見込みちがいだったら、きみは今日こうしてこの車に乗ることもなかった。判断をまちがっていたのなら、今頃私はいったいどういう立場に身を置くことになっていたのか」

「そんなこと考えてもしかたがないじゃないの」と彼女は気楽に言った。「わたしとしては、今度のことはそんなに心配しなきゃならないことだとは思ってないわ。それよりあなたがさっき言ったのはどういう人たちなの？」

「クライド・アムニーというのはきみを監視するよう私を雇った弁護士だ。アムニー自身はワシントンの法律事務所の依頼を受けていた。ヘレン・ヴァーミリアは彼の秘書だ。ロス・ゴーブルはミッチェルを捜していたカンザスシティの私立探偵だ」私は彼女にゴーブルの人相風体を伝えた。

彼女の顔から表情が消えた。「ミッチェルを捜してた？　どうして？」

私はグランド通りと四丁目通りの角で車を停め、電動車椅子に乗った爺さんが時速四マイルで左折するのを待った。エスメラルダには気の滅入るものが売るほどある。

「どうしてその人がラリー・ミッチェルを探さなくちゃいけないの？」と彼女は苦々しく言った。「みんなどうして他人のことを放っておけないの？」

「きみは何も教えてくれなくていいよ」と私は皮肉を言った。「きみはただ私には答えられない質問をひたすらしつづけていればいい。そういうのは私の劣等感にはよく効くみたいだから。言ったと思うが、私はもうこの件には関わっていない。だったらどうしてここにいるのか？　それは簡単だ。あの五千ドルの旅行小切手をまた手に入れたいと思ってるからだ」

「次の角を左に曲がって」と彼女は言った。「そうすれば丘をのぼる道に出る。高台からの景色は最高よ。洒落た家もいっぱい建ってるし」

「そんなものはどうでもいい」

「すごく静かだし」そう言って、彼女はダッシュボードにクリップでとめたパックから煙草を一本取り出し、火をつけた。

「この二日で二本目だ」と私は言った。「きみはたいした愛煙家なんだな。ゆうべ本数を数えたんだよ。マッチの数も。ハンドバッグの中身も調べた。私は猿芝居に巻き込まれたときには、どうしても穿鑿《せんさく》好きにならざるをえなくてね。腕の中で依頼人に失神されたりした日にはなおさら」

彼女は顔を私に向けると、じっと私を見て言った。「薬とお酒のせいよ。ゆうべはちょっとおかしくなってたのよ」

「〈ランチョ・デスカンサード〉じゃずいぶんとしっかりしてたじゃないか。鉄の釘ほどにも揺るぎなかった。われわれはリオに飛んで、贅沢《ぜいたく》に、そして、そう、罪にまみれて暮らすことになっていた。私はただ死体を始末するだけでよかった。なのに、なんとがっかりしたことか！　死体はどこにもなかった！」

彼女はまだ私をじっと見つめていたが、こっちは運転に専念しなければならなかった。道は行き止まりになり、私は左にハンドルを切った。廃線になった市外電車の線路がまだ残っている通りだったが、そこも行き止まりだった。

「あの標識のところで左に曲がって丘をのぼって。ちょっと走ったら高校があるわ」

「誰が何に向けて銃を撃ったんだ？」

彼女は手のひらの根元でこめかみを押さえて言った。「わたしにちがいないと思う。わたしにちがいない。頭がおかしくなってたのよ。どこにあるの？」

「銃のことか？　安全なところに保管してある。きみの夢が叶ったときには、それが必要になるかもしれないからね」

われわれは丘をのぼっていた。私はギアをサードに切り替えた。彼女はそれを興味深げに見ていた。そのあと淡い色のレザーシートや付属品を見まわして言った。

「どうしてこんな高価な車を持てるの？　そんなに大金を稼いでるわけでもないのに」

「車は近頃みんな高い。安い車も。それでもちゃんと走るやつを買ったほうがいい。何かで読んだんだが、探偵は誰も眼に止めないような、無地の黒っぽいめだたない車を選ぶべきなんだそうだ。だけど、それを書いたやつはきっとロスアンジェルスに来たことがないんだろうな。ロスアンジェルスでめだとうと思ったら、薄いピンクのベンツに乗らなきゃならない。それもルーフにポーチがあって、そこじゃ三人の可愛い娘が日光浴をしてる。それぐらいじゃないとな」

彼女は笑った。

「それに」と私はその話題を引っぱった。「そういう車に乗っていればいい宣伝になる。たぶんリオ行きを夢見てたんだろう、私も。そういう車をリオに持っていけば、買ったときより高く売れるかもしれない。運賃も貨物船で運べばたいしてかからないだろう」

彼女はため息をついて言った。「そんなくだらないことを言うのはもうやめてよ。今日はそういうへらず口を愉しめる気分じゃないの」

「あのあとボーイフレンドには会ったのか?」

彼女は身を強ばらせた。「ラリーのこと?」

「ほかにもいるのかな?」

「そう——あなたはクラーク・ブランドンのことを仄《ほの》めかしたのかもしれないけれど、わたし、彼のことなんか全然知らない。ラリーはゆうべ悪酔いした。酔っぱらいすぎた。ええ、ラリーには会ってないわ。まだ部屋で寝てるんじゃないの?」

「電話をしても出ない」

道がふたつに分かれた。白い線が一本引かれ、それは左に曲がっていた。私はこれと言った理由もなくまっすぐ進んだ。坂道の高い側には古いスペイン風の家が建っており、低い側にはとてもモダンな造りの家が建っていた。そうした家並を過ぎると、道は右に大きくカーヴしていた。そのあたりの舗装は新しそうだった。道は丘の突端まで延びており、そこが行き止まりで、小さな環状路になっていて、その環状路をはさみ、二軒の大きな家が向かい合っていた。ともにガラス煉瓦をふんだんに使った家で、海に向いた窓には緑のガラスが嵌められていた。ともに見事な眺めの家で、私は三秒たっぷり眺めると、縁石に寄せて車を停め、エンジンを切った。地上千フィート、街全体が眼下に広がっていた。四十五度の角度で撮った航空写真のように。

「彼は具合が悪いのかもしれない」と私は言った。「どこかに行ってしまったのかもしれない。それとも死んでしまったのかもしれない」

「言ったでしょ」彼女は震えはじめた。私は短くなった煙草を彼女の指から取り上げ、灰皿に捨てた。そして、車の窓をあげ、彼女の肩に腕をまわし、彼女の頭を私の肩に引き寄せた。彼女は逆らわなかった。ぐにゃりとしていた。それでもまだ震えていた。

「あなたって相手の気持ちを落ち着かせるのがうまい人なのね」と彼女は言った。「でも、急がせないで」

「グラヴコンパートメントの中にウィスキーの一パイント瓶がある。一口飲むかい？」

「ええ」

私は取り出し、片手と歯を使って、どうにか金属製の蓋をゆるめた。そのあと瓶を膝のあいだに置いて蓋をはずすと、彼女の口まで持っていった。彼女は一口飲んでぶるっと身震いした。私は蓋を閉めて瓶をしまった。

「瓶から飲むのって嫌いよ」と彼女は言った。

「確かにあまり上品じゃないな。きみを口説こうとは思ってないよ、ベティ。むしろ心配してるんだ。何か私にできることはないかな？」

彼女はいっとき黙り込んだ。そのあと話しはじめた声音はずいぶんとしっかりしていた。

「たとえばどんな？　あの小切手は取り返してくれていいわ。あなたのものなんだから。あなたにあげたんだから」

「五千ドルをあんなふうに誰かにやっちまうような人間なんてどこにもいないよ。意味がわからない。だからわざわざロスアンジェルスから戻ってきたんだ。そう、ロスアンジェルスに早朝帰って、また戻ってきたんだ。私みたいな男に熱をあげ、五十万ドルを手に入れる話を持ちかけ、リオに飛んで、そこの豪邸で、贅沢三昧《ぜいたくざんまい》の暮らしをしようなどと誘ってくる人間などこの世にいやしない。酔っぱらっていようと素面《しらふ》でいようと。自分の部屋のバルコニーで男がひとり死んでいる夢を見たんで、すぐにやってきて、その男を海に放り投げてくれなんて私に頼むやつも。実際のところ、きみは何を私に望んだんだ？——きみが夢を見ているあいだ、きみの手を握ってることか？」

彼女は私から身を引くと、助手席側のドアに背中を押しつけた。「わかったわ、そう、わたしは嘘をついたのよ。わたしはずっと嘘つきだったのよ」

私はバックミラーを見た。黒っぽい小型車が環状路にはいってきて停まった。乗っている人間まではわからなかった。何を載せているのかも。その車は縁石と直角になるようハンドルを切ってバックすると、来た道をまた帰っていった。道をまちがえ、ここが袋小路であることがわかったのだろう。

「私があのろくでもない非常階段をのぼっているあいだ」と私は続けた。「きみは睡眠薬を飲んで、とんでもなく眠いふりをした。で、しばらくのちほんとうに眠ってしまった——たぶん。そこまではいい。私はバルコニーに出た。死体はなかった。血もなかった。死体があれば、バルコニーの塀越しに放り出すこともできなくはなかった。かなりのハードワークだが、不可能というわけじゃない。抱え上げるこつさえつかめば。しかし、海に届くまで放り投げるとなると、訓練されたゾウが六頭いても無理だろう。フェンスまでで も三十五フィートはある。そのフェンスを越そうと思ったら、もっと遠くまで飛ばさなきゃならない。大の男ひとりの重さのあるものを高さのあるフェンスを越して、その向こうに放り出すには、たっぷり五十フィートは飛ばさなきゃならない」

「言ったでしょ、わたしは嘘つきなんだって」

「だけど、きみはその理由を言ってない。真面目に話そう。泊まっている部屋のバルコニーに男の死体があったとする。そういう場合、私に何を望む？　私がどうすることを望む？　死体を担いで非常階段を降り、私の車のところまで運んで車に乗せて、どこか森にはいり込んで埋めるか？　まわりに死体がごろごろしているようなときには、少しは人を信用しないとな。少しは秘密を打ち明けないと」

「あなたはわたしのお金を受け取った」と彼女は抑揚のない声音で言った。「あなたはわたしにへつらった」

「そうすれば、誰の頭がいかれてるかわかると思ったのさ」

「だったら、もうわかったんだから、それで満足すべきなんじゃないの？」

「何もわかっちゃいない――私にはきみが何者なのかさえわかってない」

彼女は怒った。「だから言ったでしょ、わたしは頭がおかしくなってたんだって」といきりたった声で言った。「心配と恐れとお酒と睡眠薬で――どうしてわたしを放っておいてくれないの？　あのお金はあげるって言ったでしょ？　それ以上何が欲しいの？」

「その金のために私は何をすればいい？」

「ただ受け取ってくれればいいのよ」と彼女は今度は語気を強めて言った。「それだけよ。受け取ってどこかに行って。どこか遠くに。ずっと遠くに」

「きみにはいい弁護士が必要になると思う」

「それって撞着語法《どうちゃく》ってやつね。その人がいい人なら、そもそも弁護士なんかになってない」

「ああ。しかし、そんな言い方をするところを見ると、きみも弁護士には痛い目にあわされたんだ。それはどういう経験だったのか、きみからにしろ、ほかの誰からにしろ、いずれ聞かせてもらえるだろう。それより今はもっと真剣にならなきゃいけないことがある。きみは今困ったことになっている。ミッチェルの身に起きたことを抜きにしても。それがどういうことであれ。きみは弁護士を雇わなきゃならないほどの厄介事を抱え込んでる。きみは名前を変えた。それにはきみの理由がある。ミッチェルはきみを強請ろうとしていた。それにはミッチェルの理由があったんだろう。ワシントンの法律事務所はきみを捜してる。それには彼らの理由があるんだろう。さらに、彼らの依頼人には彼らにきみを捜させる理由があるんだろう」

私はそこでことばを切り、彼女を見た。夕闇が増す中、できるかぎりしっかりと。眼下の海は次第に群青色《ぐんじょう》に染まっていた。が、その色を見ても、なぜかミス・ヴァーミリアの眼の色を思い出すことはなかった。カモメの群れが、整然と隊列を組んで南のほうに飛んでいったが、それはノース・アイランド空軍基地で昔よく見られた整然としたものとは別ものだった。ロスアンジェルスからの夕方の便の飛行機が、左右の明かりも灯して海岸に降りてきた。そのあと胴体の下で点滅している明かりが通り過ぎ、機体は大きな弧を描いて海に出ると、さらに緩慢な弧を描いてリンドバーグ飛行場に向かった。

「つまりあなたは悪徳弁護士の手先ってわけね」と彼女は唾棄するように言い、私の煙草にまた手を伸ばした。

「彼はそれほどの悪党じゃないよ。ただ、いささか力がはいりすぎてるだけだ。しかし、そこが話のポイントじゃない。弁護士を雇うくらいきみにはたいした出費じゃないはずだ。話のポイントは秘匿特権と呼ばれるものだ。探偵は許可証は持っていても特権は持ってない。弁護士は持ってる。弁護士の関わり方が依頼人の利益に反しなければ。さらに、依頼人の利益のために弁護士が探偵を雇った場合、探偵もその特権を持つことになる」

「あなたはその特権の使い方をよく心得ている」と彼女は言った。「わたしをスパイするのが弁護士から頼まれた仕事だった場合はなおさら」

私は彼女の口から煙草を取り上げ、自分で二、三服してから返した。

「わかった、ベティ。どうやら私はきみの役には立てそうにないな。きみの役に立ちたいと思ったんだが。そのことはもう忘れてくれ」

「やさしいことを言うのね。でも、そんなことを言うのは、わたしの役に立てたらもっとお金がはいるかもしれないって思うからでしょ？　あなたもほかの男たちと変わらない。あなたの煙草なんか吸いたくもないわ」彼女は窓から煙草を捨てた。「ホテルに連れて帰って」

私は車を降りて、煙草の火を踏み消した。「カリフォルニアの丘じゃこういうことは絶対にやっちゃいけない」と私は言った。「たとえ山火事のシーズンじゃなくてもだ」そう言って車に戻ると、キーをまわしてスタートさせた。そして、バックで進み、車の向きを変え、道路がカーヴしながら分岐しているところまで降りた。くっきりした白い線が徐々に消えて見える高台に小型車が一台停まっていた。ライトはついておらず、誰も乗っていないのかもしれなかった。

　私はやってきたのと反対方向に大きくハンドルを切り、ヘッドライトをハイビームにした。車の向きが変わるのと同時に、ヘッドライトが近くに停車していた数台の車を照らした。その中の一台の運転手が慌てて帽子を目深にかぶり直して顔を隠した。が、眼鏡は隠しきれなかった。横に突き出した耳も。カンザスシティのミスター・ロス・ゴーブル。

　ライトは、そのあとは道を照らし、私のオールズモービルはなだらかなカーヴが続く丘を降りた。走っている道がどこに向かっているのかはわからなかったが、このあたりの道は遅かれ早かれ海に行き着く。丘を降りきるとそこはT字路になっていた。私は右に曲がり、狭い道を数ブロック走った。そこで大通りに出たのでまた右に曲がった。そうして気づいたときにはもうエスメラルダの中心部を走っていた。

　ホテルに着くまで彼女はひとこともしゃべらず、私が車を停めると、すかさず降りた。

「ここで待ってるなら、お金を持ってくるけど」

「われわれは尾《つ》けられてた」と私は言った。

「なんですって——？」彼女は顔を半分私に向けたまま動きをぴたりと止めた。

「小型車だ。丘のてっぺんで方向転換をしたときライトがあたってわかった。それまではまるで気づかなかった」

「誰なの？」と彼女は強ばった声で言った。

「さあ。いずれにしろ、ここから尾けたんだろう。だからここまでまた戻ってくるんじゃないかな。お巡りだろうか？」

彼女は私を見た。眉ひとつ動かすことなく固まっていた。が、そこで一歩まえに足を踏み出した。と思ったら、私に向かって突進してきた。まるで私の顔に爪を立てようとするかのように。私の腕をつかむと、私の体を揺すりだした。息がひゅうひゅう音をたてていた。

「わたしをここから連れ出して。連れ出して、お願いだから。どこでもいいから。わたしを匿《かくま》って。わたしにちょっとだけ平和をちょうだい。尾けられたりも、狩られたりも、脅されたりもしないところへ連れてって。彼は言ったわ、誓うって。必ずそうするって。どこまでもつけまわすって。地球の果てまでも。太平洋の孤島までもつけまわすって」

「世界で一番高い山のてっぺんまでも、淋しい砂漠のど真ん中までも」と私は言った。「誰かさんは古い小説を読みすぎなんじゃないか？」

彼女は腕をだらりと横に下げ、そのままにした。

「あなたって高利貸並みの同情心しか持ち合わせてないのね」

「きみをどこに連れていく気もないよ」と私は言った。「何がきみを苛《さいな》んでいるにしろ、じっと耐えて、受け入れるんだな」

私は彼女に背を向け、車に乗った。彼女のほうを見やると、もうバーの入口のそばに近づいていた。やけにすたすたと歩いていた。

16

私にいくらかでも分別があれば、スーツケースをさげて家に帰り、彼女のことなどすっかり忘れることにしただろう。どういう演目のどういう場面でどういう役を演じるか、彼女が自ら決めるにはもう遅すぎる。私にできることなど何もない、郵便局の中を意味もなくうろついて叱責されるようなことぐらいしか。

私は煙草を吸いながら待った。ゴーブルと彼のあの薄汚い小型車がこの駐車場にいつ姿を現わしてもおかしくなかった。あの男はここで私と彼女の姿を見かけたのだろう。それでどこに行くか確かめたくて、あとを尾《つ》けたのだろう。

彼は現われなかった。私は煙草を吸いおえ、吸い殻を窓から捨てた。バックで駐車場を出てドライヴウェーを抜け、街中に向かおうとしたところで、通りの反対側に彼の車が見えた。車の左側を歩道に向けて停まっていた。私は走りつづけ、大通りで右折し、彼が楽に尾けられるようのんびり走った。一マイルほど行ったところに〈エピキュア〉というレストランがあった。屋根の低い建物で、赤レンガ塀に通りから守られていた。バーもあるレストランだ。入口は脇にあった。私は駐車して、店の中にはいった。客はまだほとんどおらず、バーテンがボーイ長と雑談していた。ボーイ長はまだディナージャケットも着ていなかった。予約台帳をのせた台があり、台帳は開かれていて、その夜の予約客の名前が書かれていた。が、まだ早い時間帯だったのでテーブルは楽に取れた。

ろうそくの灯されたダイニングルームは薄暗く、低い仕切りでふたつのスペースに分けられていた。三十人もはいれば満杯となりそうな広さで、ボーイ長は私を隅のテーブルに案内すると、ろうそくに火をつけた。私はギブソンをダブルで注文した。ウェイターがやってきて、テーブルの反対側に用意されていたテーブルセットを片づけようとした。私は、連れが来るかもしれないのでそのままにしておいてくれと頼み、メニューを見た。ダイニングルームそのものぐらいの大きさがありそうなメニューだった。書かれていることにいくらかでも関心が持てれば、懐中電灯を使っていたかもしれない。私がそれまでにはいった中で一番暗いレストランだった。母親が隣りのテーブルにいてもこれでは気づかないだろう。

ギブソンが運ばれてきた。それがグラスの形をしていることはわかった。中に何かがはいっているのも。味はそう悪くはなかった。ちょうどそのときゴーブルが向かいの席に尻をすべらせて坐った。見るかぎり、一昨日と同じ恰好をしていた。私はメニューを見つづけた。ここのメニューは点字で印刷すべきだ。

ゴーブルは私のグラスに手を伸ばすと、一口飲んでいかにも気楽に言った。「彼女とはうまくいってんのか？」

「まだ一塁ベースも踏めてない。どうして？」

「丘に行くのを見たんだよ」

「ネッキングぐらいはできるんじゃないかと思ったんだがな。あっちはそういう気分じゃなかった。だけど、あんたの狙いはなんなんだね？　ミッチェルという男を追ってるんだと思ってたが」

「面白いねえ。ミッチェルという男。そんなやつのことは聞いたこともねえって、あんた、言わなかったたっけ？」

「そう言ったあとで彼の話を聞いたのさ。実物を見もした。酔っぱらってた。それもひどく。もう少しで店から放り出されるところだった」

「面白いねえ」とゴーブルは冷ややかな笑みを浮かべて言った。「なんでやつの名前がわかった？」

「誰かが彼をそう呼んだのさ。これまた面白くないか?」

彼は冷笑を顔に貼りつかせたまま言った。「言っただろ、おれの邪魔するなってな。あんたが誰なのかはもうわかってんだよ。調べはついてんだよな」

私は煙草に火をつけ、彼の顔に煙を吹きつけて言った。「とっとと失せろ」

「タフぶりたいのか、ええ?」と彼はなおも冷ややかに言った。「おれはあんたよりでかいやつらの腕と足を引っこ抜いたこともあるんだぜ」

「そいつらのうち誰かふたりでも名前を言ってみろ」

彼はテーブルに身を乗り出した。ちょうどそこへウェイターがやってきた。

「バーボンと炭酸抜きの水をくれや」とゴーブルはウェイターに注文した。「バーボンはちゃんとしたやつだぞ。正体不明の業務用なんぞお呼びじゃねえからな。おれを騙そうなんて思うんじゃないぜ。わかるんだからよ。それと水は瓶入りのやつだ。水道水なんぞ飲めたもんじゃねえ」

ウェイターはただ黙って彼を見ていた。

「これをもう一杯」私はそう言ってグラスを押しやった。

「今夜は何がお薦《すす》めだ?」とゴーブルはウェイターに尋ねた。「こういう広告板はどうしても見る気になれなくてな」メニューを指で弾きながら、いかにも馬鹿にしたように言った。

「本日の特別料理《プラ・デュ・ジュール》はミートローフでございます」とウェイターは嫌味たっぷりに言った。

「料理も馬子《まご》にも衣裳ってか」とゴーブルは言った。「そいつでいいや」

ウェイターは私を見た。私もミートローフでいいと言った。ウェイターは立ち去った。

ゴーブルはすばやくうしろと両脇に眼をやってから、またテーブルに身を乗り出した。

「あんたもつきがないよな」と言った口調はなんとも嬉しそうだった。「結局、うまくいかなかったんだろ？」

「ああ、そのとおりだ」と私は言った。「だけど、何がうまくいかなかったんだ？」

「つきに見放されたんだよ、あんた。それもこっぴどく。潮の流れが悪かったかどうかしたんだろうな。で、アワビ《アバローネ》採りが足びれとゴムのマスクをつけたまま、岩の下敷きになっちまったのさ」

「アバローネ採りが岩の下敷きになった？」ちくちくする悪寒《おかん》が背骨を這い降りた。ウェイターが飲みものを持ってくると、思わずそれをひったくりそうになった。すんでのところで自制したが。

「面白いねえ、兄さん」

「もう一度同じことを言ってみろ。おまえのくそ眼鏡かおまえか、どっちかを叩きつぶすぞ」と私はうなるように言った。

彼は自分のグラスを取り上げ、一口飲み、味わい、考える顔つきになったあとうなずいて言った。

「おれは金を稼ぎにここに来たんだよな。トラブルを起こしにきたんじゃなくてな。トラブルを起こしてたんじゃ金は稼げない。いい子にしてりゃ稼げることもある。わかるかな？」

「あんたにとっては、いい子にしてるのも金を稼ぐのも新しい体験みたいだが」と私は言った。「それよりアバローネがどうした？」私はできるだけ声を荒らげないようにした。それには努力が要った。

彼は乗り出していた上体をもとに戻した。暗さに眼が慣れ、肉づきのいい彼の顔が笑っているのがわかった。

「ただふざけて言っただけだ」と彼は言った。「アバローネなんざひとりも知らない。どうやって発音するのかもついゆうべ知ったくらいだ。いったいどういう商売なのかも知らねえな。それよりちょっとおかしなことがある。ミッチェルが見つからねえんだ」

「あの男はホテル住まいだ」と私は言って飲みものに口をつけた。ほんの少しだけ。今は酒をがぶ飲みするときではない。

「やつがホテル住まいなのはおれも知ってるよ、兄さん。おれが知りたいのは今どこにいるかだ。部屋にはいねえ。ホテルの連中も彼を見かけてねえ。で、おれとしちゃ思ったわけだ、あの娘かあんたが何か知ってんじゃねえかってな」

「あの娘は頭がおかしい」と私は言った。「だからなんのあてにもならない。それと、エスメラルダの人間は〝知ってんじゃねえか〟なんて言わない。ここじゃカンザスシティ訛《なま》りは風紀紊乱《ぶんらん》罪にもなりかねない」

「大きなお世話だ、兄さん。たとえ国語を習いたくなってもな、誰がカリフォルニアくんだりの三文探偵のとこになんか行くかい」そう言って、彼は振り向き、呼ばわった。「ウェイター！」

いくつかの顔が不快げに彼を見た。しばらくしてテーブルのそばに立ったウェイターも客と同じ表情を浮かべていた。

「こいつをもう一杯くれや」とゴーブルは言って、自分のグラスに向けて指を鳴らした。

「怒鳴っていただかなくてもけっこうですので」ウェイターはそう言ってグラスをさげた。

「サーヴィスが要るって言ったら」とゴーブルは立ち去るウェイターに言った。「要るのはサーヴィスなんだよ」

「メチルアルコールの味がお気に召すといいんだが」と私は言った。

「おれとあんたはうまくやっていけるよ」と彼は私のことばなど無視して言った。「あんたに頭さえあればな」

「ああ、うまくやれるかもしれない、あんたにマナーがいくらかでもあって、背があと六インチほど高くて、全然別な顔をしていて、名前もちがっていて、自分はタフなふりができるなんて思ってなければな」

「与太はもういいから、ミッチェルの話に戻そうぜ」と彼は口早に言った。「それとあんたが丘で口説きそこなった姐《ねえ》ちゃんの話に」

「ミッチェルは彼女が列車で一緒になった男だ。でもって、彼はあんたが私にもたらしたのと同じ反応を彼女にもたらした。こいつとは逆方向に旅したいという彼女の熱い思いに火をつけた」

時間の無駄だった。ゴーブルは私の曾々祖父ほどにも痛痒《つうよう》を感じない男だった。

「つまり、ミッチェルは彼女が列車で一緒になっただけの男だった。だけど、ミッチェルを知るにつれて彼女はミッチェルが嫌いになった。で、ミッチェルからあんたに乗り換えた。あんたもまた都合のいいときに都合よくいたもんだよな」

ウェイターが料理を持ってやってきて、派手な身ぶりで皿を並べた。つけ合わせの野菜、サラダ、ナプキンに包んだ温かいロールパン。

「コーヒーはどうなさいますか？」

私はあとでもらうといった。ゴーブルももらうと言い、そのあと頼んだ飲みものはどうなっているかとウェイターに訊いた。今お持ちいたします、とウェイターは答えたが、できれば鈍行列車に載せて、とでもつけ加えたそうな口調だった。ゴーブルは料理に口をつけると、びっくりしたような顔をして言った。「こいつはうめえ。客があんまりいないんで、つぶれる寸前の店かと思ったぜ」

「時計を見ろよ」と私は言った。「もっと遅くならないと。ここはそういう町だ。それにオフシーズンだしな」

「もっと遅くならないとってのは言えてるぜ」と彼は口に入れたものを咀嚼《そしやく》しながら言った。「もっとずっと遅くならないとな。日も変わって二時とか三時とか。その頃になってここじゃやっと人は友達に電話をかけはじめるのさ。あんた、〈ランチョ〉に泊まってんだろ、兄さん?」

私は彼の顔を見ただけで何も言わなかった。

「もっと詳しく説明しなきゃならねえかな、兄さん。おれは仕事となったらけっこう長時間働くんだよ」

私は何も言わなかった。

彼は口元を拭いて言った。「おれがさっき岩の下敷きになったアバローネの話をしたら、あんた、固まっちまった。それともあれはおれの誤解かな?」

私は何も言わなかった。

「わかった、わかった、言いたくなきゃ黙ってりゃいい」とゴーブルは嫌味な笑みを浮かべて言った。「いずれにしろ、おれはこう思ったわけだ、もしかしたらおれたちゃ組んで仕事ができるんじゃねえかってな。あんたはがたいがよくて、少々のパンチなんかじゃへこたれねえが、しかし、なんにもわかっちゃいない。このビジネスじゃ何が大事かまるでわかってない。おれの住んでるところじゃ生きてくために頭が要る。ここじゃただ日焼けしてりゃいいだけだ。シャツのボタンをとめるのを忘れてりゃいいだけだ」

「提案はなんだ？」と私は歯の隙間からことばを押し出すようにして言った。

ゴーブルはよくしゃべった。それでも食べるのは早かった。皿をまえに押しやると、コーヒーを飲み、ベストから爪楊枝を取り出しておもむろに言った。

「ここは金持ちの町だよ、兄さん。それは調べた。勉強したのさ。いろんなやつに話も聞いた。で、わかったのは、この町は美しく緑なすわが国の中でも金がすべてじゃない数少ない町のひとつだってことだ。エスメラルダじゃ人はどこかに属してなきゃならない。属してなきゃそいつは無だ。どこかに属して、パーティなんかにも誘われて、知り合うべき人間とお近づきになりたいんだったら、ここじゃ品格ってものが必要になる。カンザスシティでちょいといかがわしい商売で五百万ドル儲けて、ここに移ってきたやつがいるんだが、そいつはまとまった土地を買って、そこを分割して、建て売りを建てて、この町でも有数の住宅地区を造り上げた。だけど、〈ビーチクラブ〉にはいれなかった。誰にも推薦されなかったんだな。で、そいつはクラブそのものを買い取った。町の人々は彼がどういう人間なのかよく知ってて、募金活動ともなると彼に大金を出させる。そういうことをすれば、まあ、なんらかの見返りもあるんだろうが、いずれにしろ、そいつは請求書の支払いを怠ったりしない、まともな市民だ。それでも、彼が家でパーティを開いてもやってくるのはよそ者で、地元の客と言えば、たかり屋か悪党か、金のにおいを嗅ぎつけたらどこにでも顔を出す、どこにでもいるクズばかり。上品な上流階級の人間は？　彼らにとっちゃ、そいつはニガーと同じなんだな」

その長いスピーチのあいだ、彼は時折さりげなく私を見たり、まわりに眼をやったりした。椅子の背にもたれ、爪楊枝を使い、終始くつろいでいた。

「その男にしてみればさぞ悔しいことだろう」と私は言った。「だけど、そいつの金の出所がどうしてみんなにわかったんだ？」

ゴーブルは小さなテーブルに身を乗り出して言った。「毎年春に財務省の大物が休暇でここに来るんだよ。で、たまたまミスター・マネーを見かけたんだ。その大物はミスター・マネーのことならなんでも知ってた。だから話を広めた。その結果、ミスター・マネーは心が張り裂けた。張り裂けないわけがない、だろ？　そう思わないなら、一財産築いて、まわりから一目置かれる人間になりたいと思う悪党の気持ちが、あんたにはわからないんだよ。彼らは心の中じゃ血の涙を流してるんだよ、兄さん。札束を積んだだけじゃ手にはいらないものがあることを知って、そりゃもう身を切られるような思いをしてるんだよ」

「そういうことをどうして知った？」

「おれは賢いんだよ。脚を使って、いろんなことを見つけるのさ」

「ただひとつを除いて」と私は言った。

「なんだ、それは？」

「言ってもわからないだろうな」

やけに遅くなったゴーブルの飲みものをウェイターが持ってきて、皿を片づけ、メニューを差し出した。

「おれはデザートは食わねえんだよ」とゴーブルは言った。「消えな」

ウェイターはゴーブルの爪楊枝に気づくと、手を伸ばし、ゴーブルの手から手ぎわよく取り上げて言った。「当店には化粧室がございますので、お客さま」そう言って、爪楊枝を灰皿に捨て、灰皿は片づけた。

「おれがさっき言った意味、わかるだろ？」とゴーブルは言った。「とにかく品がいいのさ」

私はウェイターにチョコレート・サンデーとコーヒーを注文した。そしてつけ加えた。

「勘定はこちらの紳士に」

「かしこまりました」とウェイターは言った。ゴーブルはひどく嫌な顔をした。ウェイターが立ち去るのを待って、私はテーブルに身を乗り出し、むしろ柔らかな声音で言った。

「あんたは私がここ二日のうちに会った中で一番の嘘つきだ。この二日のうちには何人かの美女とも会ったが。あんたはミッチェルになんかこれっぽっちの関心も持ってない。昨日まで彼のことなど聞いたことも見たこともなかったんじゃないのか？　ただ、昨日あんたは思いついた、ミッチェルのことは表向きの話に利用すればいいと。あんたがここにいるのは、娘を見張るように言われたからだ。誰に言われたのかもわかってる――誰が金を出してるのかまではわからないが、あんたを直接雇ったやつならわかる。なんで彼女が見張られてるのかもわかる。どうすれば今後見張られないようにできるか、その方法もわかる。使えるカードを持ってるのなら、今ここで切ったほうがいい。明日になったらもう遅い」

彼は椅子をうしろに押しやって立ち上がった。そして、丸めてくしゃくしゃになった札をテーブルに放り、冷ややかな眼で私を見下ろして言った。

「この大口叩きのくそったれ。そういうだぼらはゴミ収集日の木曜まで取っとくことだ。ほんと、なんにもわかっちゃいねえんだな、兄さん。ま、この分じゃ、ずうっとわからねえまんまだろうな」

そう言うと、好戦的に顔をまえに突き出して歩き去った。

私はゴーブルが置いていったしわくちゃの札に手を伸ばした。案の定、情けない一ドル札だった。下り坂でも時速四十五マイルしか出ないおんぼろ車に乗っているようなやつが食べるのは、安食堂と相場が決まっている。八十五セントのディナーがワイルドな土曜の夜の特別料理といった安食堂だ。

ウェイターがやってきて、勘定書きを私のまえに置いた。私は支払い、ゴーブルの一ドルはチップの皿に置いた。

「ありがとうございます」とウェイターは言った。「さきほどの方はお親しいご友人なんですか？」

「〝親しい〟というのは、いやはやなんとも適切なことばだ」と私は言った。

「あまり裕福な暮らしはなさってないんでしょうね」とウェイターは寛大な調子で言った。「この町のよろしいところはここで働くものはここには住めないところです」

私が店を出たときには二十人ほどの客がいて、その話し声が低い天井に反響していた。

17

地下駐車場に続く傾斜路は朝の四時に見たときと少しも変わらなかった。が、カーヴを曲がると、水を使っている音がどこかから聞こえてきた。箱型のガラス張りの詰所には誰もいなかった。どこかで誰かが洗車しているようだが、それは駐車場係ではないだろう。エレヴェーター乗り場に出るドアまで歩き、ドアを開けて開けたまま支えた。背後の詰所でブザーが鳴った。私はドアを閉め、その外側に立って待った。丈の長い白い上着を着た痩せた男がすぐに角を曲がってやってきた。眼鏡をかけており、肌は冷めたオートミールみたいな色で、疲れて窪《くぼ》んだ眼をしていた。どこかしらモンゴル人を思わせる顔つきながら、国境の南も思わせ、ネイティヴ・アメリカンも思わせた。ただ、肌の色はネイティヴ・アメリカンより濃かった。小さな頭蓋に黒い髪が貼りついていた。

「車ですか？　お名前は？」

「ミスター・ミッチェルの車はここかな？　ツートンカラーのビュイックのロードマスターだ」

駐車場係はすぐには返事をしなかった。眼が急に眠そうになった。まえにもこの質問をされたのだろう。

「ミスター・ミッチェルは今朝早くその車で出かけました」

「どれほど早く？」

駐車場係は、緋色に縫い込まれたホテルの名前の上のポケットにクリップでとめた鉛筆に手を伸ばし、鉛筆を取ると、それを見ながら言った。

「七時ちょっとまえですね。おれ、七時にはあがったんで」

「十二時間シフトなのか？　まだ七時をまわったばかりだが」

彼は鉛筆をポケットに戻して言った。「八時間シフトだけど、シフトは入れ替わったりもします」

「なるほど。で、ゆうべきみは十一時から七時の勤務だったわけだ」

「そう」彼は私の肩越しにどこか遠くを見ていた。「もう行かないと」

私は煙草のパックを取り出して彼に勧めた。

彼は首を振った。

「煙草が吸えるのは詰所の中だけなんで」

「それと、パッカードのセダンの後部座席とか」

彼は手を拳にした。ナイフの柄《つか》を握るように。

「量は足りてるのか？　何か入り用なものはないかい？」

彼はただ私を見つめた。

「きみは私に〝量は足りてる〟というのはなんのことだ？　と訊き返してもよかった」と私は言った。彼はそれでも何も答えなかった。

「きみが訊き返したら、私は煙草の話をしてるわけじゃないとでも答えただろう。煙草じゃなくて、蜂蜜を沁み込ませたやつの話だとね」

互いの眼がからみ合い、ようやく彼はおもむろに口を開いた。「あんた、売人なのか？」

「今朝の七時にはもうしっかり仕事をしてたということなら、きみは目覚めがすごくよかったんだろうな。私が見たときのきみはこのあと何時間も使いものにならないように見えたもの。きっと体内時計を持ってるんだね――エディ・アーキャロみたいに」

「エディ・アーキャロ？」と彼はおうむ返しに言った。「ああ、騎手か。彼は体内時計を持ってるのか？」

「そう言われてる」

「おれたちは取引きができるかもしれない」と彼はどこかよそよそしい口調で言った。「いくらだ？」

詰所でブザーが鳴った。エレヴェーターがシャフトを降りてくる音は意識下で聞いていた。ドアが開き、ロビーで手をつないでいたカップルが現われた。若い女のほうはイヴニングドレス、若い男のほうはタキシードを着ていた。並んで立っているその姿は、キスをしているところを見つかってしまったふたりの子供を思わせた。駐車場係はふたりの顔を見ると、その場を離れた。すぐにエンジンをかける音がして、駐車場係が車に乗って戻ってきた。クライスラーのコンヴァーティブルのいかした新車だった。男はまるで女が妊娠しているみたいに慎重に手を貸して、女を車に乗せた。駐車場係はドアを開けたまま支えていた。男は車のまわりをまわり、駐車場係に礼を言って乗り込むと、どこか自信なさそうに言った。

「〈グラスルーム〉はかなり遠いのかな？」

「いいえ」と駐車場係は答え、道順を教えた。

男は笑みを見せ、礼を言い、ポケットに手を伸ばして一ドル札を駐車場係に手渡した。

「玄関に車をまわすこともできるんですよ、ミスター・プレストン。電話でお申しつけいただくだけで」

「ありがとう。でも、これで充分だ」と男は口早に言い、傾斜路をのぼっていった。クライスラーは猫が咽喉を鳴らすような排気音をたてて姿を消した。

「新婚旅行か」と私は言った。「微笑ましかったね。人目を惹くのはあまりお好きじゃないようだが」

駐車場係はさっきと同じように私のまえに立った。これまたさきほど同様、眼にどんな表情も浮かべることなく。

「われわれのあいだには微笑ましいところなど微塵《みじん》もないが」と私は言った。

「あんた、お巡りならバッジを見せてもらおうか」

「私のことを警官だと思ってるのか？」

「いや、なんでも嗅ぎまわりたがるクソ野郎だと思ってる」どんなことばを口にしようと、彼の声音は変わらなかった。Bフラットに固定されていた。『ジョニー・ワン・ノート』（当時の流行歌。〝ジョニーが出せる音はひとつだけ〟というフレーズで始まる）さながら。

「ああ、そのとおりだ」と私は同意して言った。「私は花形私立探偵だ。で、ゆうべここまである人物を追ってきた。きみはあそこに停めたパッカードに乗っていた」――私は指差した――「そこまで行ってドアを開けたら、ハッパのにおいがした。あのときここからキャディラックを四台ばかり運転して盗み出しても、きみは寝返りひとつ打たなかっただろう。しかし、それはあくまできみの問題だ」

「今日の話をしろよ」と彼は言った。「おれはゆうべの話なんかしちゃいないんだから」

「ミッチェルはひとりで出ていったのか？」

彼は黙ってうなずいた。

「荷物は？」

「九個もあったよ。だから手伝った。そう、彼はチェックアウトしたんだ。これでご満足かな？」

「フロントに確認したのか？」

「勘定書きを持っていて、全部支払われていて受領印が押してあった」

「なるほど。しかし、それだけの荷物だと、ベルボーイも一緒に降りてきたんじゃないのか？」

「エレヴェーターボーイがね。ベルボーイの勤務は七時半からだ。これは七時頃の話だからね」

「なんていうエレヴェーターボーイだ？」

「みんながチコって呼んでるメキシコ野郎だ」

「きみはメキシコ人じゃないのか?」

「おれには中国人の血が流れてて、ハワイ人の血が流れてて、フィリピン人の血が流れてる。あとニガーの血も。こんなおれみたいな人間には誰もなりたがらないだろうよ」

「あとひとつだけ、訊かせてくれ。どうやってごまかしてるんだ? マリファナのことだが」

彼はあたりを見まわして言った。「おれが吸うのはとことん落ち込んだときだけだ。それがあんたにどんな関係がある? あんただけじゃない、誰にしろ。見つかったら、このしょぼい仕事をなくすかもしれない。でもって、留置場にぶち込まれるかもしれない。いや、おれはこれまでずっと檻にぶち込まれてたのかもしれない。おれはずっと檻を抱えて生きてきたのかもしれない。これで満足か?」彼はしゃべりすぎていた。神経が不安定なやつは往々にしてこうなる。ずっと一音節の単語しか話さないのかと思っていると、急にことばの洪水になったりする。彼のくたびれた低音のモノトーンはさらに続いた。

「誰かに文句を言ってるわけじゃない。おれは生きて食って時々寝てる。一度見にきてくれ。住んでるのは古くてみすぼらしい木造の一軒家で、場所はポルトンズ通りだ。通りというのは名ばかりで、路地みたいなところだがな。エスメラルダ金物店のすぐ裏だ。トイレは外で、台所のブリキの流しで体を洗わなきゃならない。スプリングのいかれた寝椅子で寝てるが、家にあるのはどれも二十年は使い込まれてる代物だ。ここは金持ちの町だ。

おれの暮らしを見にくりゃわかる。ここにあるものは全部金持ちのものだ」

「きみがミッチェルについて語った話には欠けてるものがある」と私は言った。

「なんだ?」

「真実だ」

「だったら寝椅子の下でも探してみよう。だけど、埃まみれになってるかもしれないな」

傾斜路を降りてきた車のうるさい音がした。彼は私に背を向けた。私はドアを抜け、エレヴェーターのボタンを押した。奇妙なやつだ、この駐車場係は。とても奇妙なやつだ。ただ、面白いやつで、悲しいやつだ。悲しくて、道を見失ったやつだ。

エレヴェーターがなかなか来ず、待っているあいだに連れができた。身長六フィート三インチ、ハンサムで健康そうな男だった。名前はクラーク・ブランドン。タートルネックのぶ厚いブルーのセーターの上に、革のウィンドブレイカーを羽織り、古いコーデュロイの膝丈のズボンに、荒れ地で仕事をする技師か測量士が履くような丈のある編み上げブーツ。掘削作業班のボスのように見えた。今から一時間もすれば、まずまちがいなく彼はディナースーツ姿で〈グラスルーム〉にいて、そこでもボスのように見えることだろう。見えるだけでなく、実際彼はボスなのだ。金はうなるほどあり、健康もうなるほどあり、その双方から最高のものを引き出す時間もたっぷりあるのだろう。おまけに彼はどこに行こうとそこの所有者なのだ。

私をちらりと見やり、エレヴェーターが来ると、身を引いて私を先に乗せた。エレヴェーターボーイは恭《うやうや》しく彼に敬礼をした。ふたりともロビーで降りた。彼はフロントデスクまで歩き、そこではフロント係——私の知らない新顔だった——から特大の笑みを向けられ、手に余るほどの手紙を手渡された。ブランドンはフロントデスクの端にもたれ、手紙の封をひとつひとつ切っては足元のゴミ入れに放り込んだ。たいていの手紙が同じ運命をたどった。旅行案内のパンフレットを並べたラックがあり、私はその中のひとつを手に取り、煙草に火をつけ、パンフレットに眼を通した。

一通ブランドンの気を惹く手紙があった。彼はその手紙に何度か眼を通した。それは手で書かれた短い手紙で、ホテルの便箋が使われているようだったが、肩越しにのぞきでもしないかぎり、わかるのはそこまでだった。彼は手紙を手にしばらくその場に立っていた。そのあとふと思いついたかのようにゴミ入れの上にしゃがみ込み、手紙の封筒を取り上げた。そして、手紙をポケットに入れると、フロントデスクに沿って歩き、封筒をフロント係に手渡して言った。

「これは手渡しで持ち込まれた手紙の封筒だ。誰が持ってきたか、たまたまきみが見かけたというようなことはなかったかな？　差出人にまるで心あたりがないんだよ」

フロント係は封筒を見てうなずいた。「はい、ミスター・ブランドン、私が勤務に就いてすぐ男の方がいらっしゃってメッセージを置いていかれました。中年で、肥っておられて眼鏡をかけておいででした。グレーのスーツにトップコート、グレーのフェルト帽。地元の方ではありませんでした。身なりが少しみすぼらしくて、あまりめだたない方でした」

「私に会いたがったんだろうか?」

「いいえ。ただ、伝言をお預かりしただけです。何か粗相《そそう》をいたしましたでしょうか、ミスター・ブランドン?」

「頭がおかしそうなやつだったか?」

フロント係は首を振った。「いいえ、今私が申し上げましたとおり、まったくめだたない方でした」

ブランドンはくすくす笑って言った。「この男は私をモルモン教のビショップに仕立てたがってる。占めてお代は五十ドル。どう見てもいかれたやつだ」彼はカウンターから封筒を取り上げると、ポケットに入れた。そして、立ち去りかけたところで言った。「ラリー・ミッチェルを見かけたか?」

「勤務に就いてからはお見かけしておりません、ミスター・ブランドン。ただ、まだ二時間しか経っておりませんが」

「わかった」

ブランドンはエレヴェーター・ホールまで歩いてエレヴェーターに乗った。別のエレヴェーターだったので、別のエレヴェーターボーイが文字どおり満面の笑みをブランドンに向け、なにやらブランドンに言った。ブランドンは何も答えず、ただエレヴェーターボーイを見た。ドアが閉まる直前、しょげたエレヴェーターボーイの顔が見えた。ブランドンは顔をしかめていた。顔をしかめると、ブランドンのハンサム度もいくらか落ちた。

私は旅行のパンフレットをラックに戻し、フロントデスクまで行った。フロント係は興味のかけらもない眼で私を見た。一瞥《いちべつ》しただけで、この男は宿泊客ではないと見抜いたのだろう。「はい？」

白髪頭で、悠然とした男だった。

「ミスター・ミッチェルを訪ねてきたんだが、今きみが話しているのが聞こえてしまった」

「館内電話はあちらにございます」彼はそう言って顎で示した。「交換係がお部屋におつなぎします」

「それはどうかな」

「はい？」

私は名刺入れを出すのに上着のまえを大きく広げた。ショルダーホルスターに収めた銃の丸いグリップが見えたのだろう、フロント係の眼が点になった。私は名刺入れを取り出すと、一枚抜き出して言った。

「おたくのホテル探偵に会わせてもらえないかな、そういう人物がいれば」

フロント係は名刺を取り上げ、眼を走らせると、顔を起こして言った。「メインロビーでおかけになってお待ちください、ミスター・マーロウ」

「ありがとう」

フロント係は私が彼に背を向けたときにはもう電話をかけていた。私はアーチを抜けると、フロントデスクが見える壁ぎわに坐った。長くは待たされなかった。

やってきたのは、いかつくてまっすぐな背中といかつくてまっすぐな顔をした男だった。陽を浴びても赤くなるだけで、そのあとはまた白くなる、焼けない肌の持ち主で、髪はほぼ赤毛と言えるブロンドで、髪型はリーゼントだった。アーチの下でいっとき立ち止まると、ロビーを見まわした。私を見てもことさら眼を止めなかった。ほかの客を見たときと変わらなかった。そのあとそばまで歩いてきて、私の横の椅子に坐った。茶色のスーツに茶色と黄色のボウタイ。きちんと体に合った服を着ていた。両頬の上のところにブロンドの産毛が生えていた。髪にはところどころ、装飾音符のように白髪が交じっていた。

「ジャヴォネンだ」と私の顔も見ずに名乗った。「あんたの名前は知ってる。名刺がポケットにはいってる。どういうご用件かな?」

「ミッチェルという男を捜してる。ラリー・ミッチェルだ」

「捜してる理由は?」

「仕事がらみだ。捜しちゃいけない理由が何かあるんだろうか?」

「いや。彼はもう町を出た。今朝早くここを発った」

「そう聞いたよ。それで混乱してるんだ。彼は昨日こっちに帰ってきた。スーパーチーフ号をロスアンジェルスで降りて、自分の車を拾って、その車を運転して帰ってきた。因みに彼はオケラで、夕食代もねだらなきゃならなかった。ある娘と〈グラスルーム〉で一緒に食べたんだが、かなり酔ってた——あるいは、酔ったふりをしていた。おかげで勘定は払わずにすんだ」

「彼はここじゃサインだけで勘定をすませることができるんだよ」とジャヴォネンはいかにも興味がなさそうに言ったが、そのあいだもロビーに眼を配ることを忘れなかった。まるでカナスタに興じている四人の中のひとりがいきなり銃を取り出し、連れを撃ちはじめるのを心配しているかのように。あるいは、巨大なジグソーパズルをやっている老婆のひとりが、いきなり髪を掻きむしりはじめるのを怖れているかのように。ジャヴォネンにはふたつの表情があった——いかついか、よりいかついか。「ミスター・ミッチェルはエスメラルダじゃちょっとした有名人なんだよ」

「しかし、みんなに好かれてるわけじゃない」

彼は私のほうに顔を向けて冷ややかに私を見た。「ミスター・マーロウ、私はここじゃ副支配人を務めてる。警備責任者との兼務だ。そんな私がうちのお客の評判についてあんたと話し合ったりできると思うかね？」

「話し合う必要はないよ。もうわかってるから。さまざまな情報源から。さらに彼の行動も観察した。ゆうべ彼は誰かに金をせびった。そして、町を出るのに充分な額が得られると、荷物をまとめて出ていった——というのが私が集めた情報だ」

「誰からの情報だね？」ずばりと訊いてくる彼はいかにもタフに見えた。

私のほうはその質問には答えないことでタフぶることにした。「それに加えて、三つの推理を提供したい。ひとつ、彼の部屋のベッドにはゆうべ誰かが寝た形跡はなかった。ふたつ、彼の部屋が引き払われたという報告が今日のどこかの時点であった。三つ、ここで夜勤をしてるスタッフのひとりは、今夜は仕事に来ないだろう。ミッチェルとしても誰の助けもなしに荷物を全部運ぶことはできなかった」

ジャヴォネンは私を見た。そのあとまた視線をロビーにさまよわせた。「あんたが名刺どおりの人間であることを証明するものはないのかね？　名刺をつくるぐらい誰でもできる」

私は札入れを取り出し、探偵許可証のコピーを出して彼に渡した。彼はそれにちらりと眼をやっただけで私に返した。私は札入れにしまった。

「われわれは宿代を踏み倒す客を追う独自の組織を持ってる」と彼は言った。「そういうことはどうしても起こるからね——どんなホテルでも。だからあんたの助けは要らないよ。それとロビーで銃をちらつかせるのはやめてもらいたい。あんたが銃を持ってることは従業員が見てる。見た人間はほかにもいるかもしれない。実は九か月ほどまえにここで強盗未遂事件があってね。強盗のひとりは死んだよ。私が殺したんだ」

「新聞で読んだよ」と私は言った。「読んだあとは何日も怖くて震えてた」

「新聞は事件の全容を報じちゃいない。結局のところ、こっちは翌週五千ドル分損をした。何十人ものお客がチェックアウトしてしまったんだよ。これでこっちの言いたいことはわかってもらえたかな？」

「フロント係に銃を見せたのは理由があったからだ。こっちは一日ミッチェルのことを訊いてまわってるのに、どこでも体よく追い払われる。客がチェックアウトしただけなら、ただそう言えばいいのに。宿泊代を踏み倒してとんずらしたなんて言う必要はないんだから」

「誰も彼が勘定を踏み倒したなんて言ってないよ。彼の勘定は、ミスター・マーロウ、全額きっちり払われてる。これでもまだご不満かな？」

「私としちゃむしろ不思議に思わざるをえないね。彼がチェックアウトしたことがどうしてこうも秘密にされるのか」

彼は人を小馬鹿にしたような顔をして言った。「そんなことは誰もしちゃいない。あんたは人の話をもっとよく聞くべきだ。彼は今、町を出てる。私はそう言ったはずだ。勘定もちゃんと払われている。そうも言った。だけど、彼は部屋を引き払ったとは言ってない。持ち物を全部持ち出したとも……このことから何をでっち上げたいんだ？」

「誰が勘定を払ったんだね？」

　彼の顔がほんのりと赤くなった。「いいか、あんた、それはもう言っただろ？　彼本人が払ったんだよ。自分で、ゆうべ、これまでの全額と向こう一週間分。われながらあんたにはずいぶんと辛抱強くつきあってきたが、今度はあんたのほうから教えてくれ。いったい何が狙いなんだ？」

「狙いなんてないよ。あんたはさっきから〝狙い〟をはずさせようと躍起になってるけれど。彼はどうして一週間分も前払いしたんだね？」

　ジャヴォネンは笑みを浮かべた――どこまでも薄く。笑みの手付金のような笑みだった。

「いいか、マーロウ、私は陸軍の情報部に五年いた。対敵諜報部隊《CIC》だ。だから人を見る眼は持っている。たとえば今われわれが話し合っている人物だが、彼が前金を払ったのはそうすればみんなが幸せでいられるからだよ。その前金には状況を安定させる効果があった」

「彼が前金を払ったことは以前にもあったのか？」

「いい加減にしろ！――」

「気をつけろ」と私は彼のことばをさえぎって言った。「ステッキを持った老紳士があんたを見てる」

　ジャヴォネンは半身になってロビーを見まわし、ひとりの老人に眼を止めた。血の気の失せた痩せた老人で、背もたれが丸くなっているきわめて低い椅子に坐り、杖の握りの部分に手袋をはめた手を置き、その手に顎をのせていた。そして、私たちのほうをじっと見ていた、まばたきもせず。

「ああ、彼か」とジャヴォネンは言った。「彼にはここまでは見えてない。彼はもう八十だ」

そう言って立ち上がると、私と向かい合って言った。「あんたは自分からは何も話そうとしないが、それもよかろう。あんたは私立探偵で、依頼人がいて、指示も受けてるんだろうから。しかし、私の関心はこのホテルを守ることにしかない。次に来るときには銃は家に置いてきてくれ。それから質問があれば、私にしてくれ。従業員に訊きまわるのはやめてくれ。噂というのは広まるものだ。そういうことは望ましくない。あんたのことをトラブルメイカーだとひとこと私が言うだけで、ここの警察はあんたに友好的な態度は取らなくなるだろう」

「ここを出るまえにバーで一杯飲んでいってもいいだろうか?」

「上着のボタンをちゃんとかけていられればな」

「情報部に五年もいたら、いろんな体験もするんだろうね」と私は彼を見上げ、感心したように言った。

「もうしたくないほどな」そう言って、彼は軽く会釈すると、アーチを抜けて出ていった。背すじをまっすぐにし、肩をうしろに引き、顎も引いて。鍛えた体、すらりとして引きしまった体の持ち主だった。いかにも有能なホテル探偵だ。それでも私に関して何を搾《しぼ》り取って知ったのか。私の名刺に書かれていることだけだ。

そこで、低い椅子に坐っている老人が手袋をはめた手を杖の柄から離し、私のほうに向けた指を一本、招くように曲げているのに気づいた。私は自分のことかと自分の胸を指差した。老人がうなずいたので、そばまで行った。

老人にはちがいなかったが、衰弱からもボケからも遠く離れていた。白髪はきっちりと分けられ、血管の浮いた鼻は鋭く長かった。色褪せたブルーの眼もまだ鋭さを失っていなかった。ただ、まぶたはくたびれたように垂れ下がっていたが。プラスティックの補聴器が片耳に見えた。彼の耳の色と同じ、灰色がかったピンク色をしていた。スエードの手袋は手首のところが折り返されていた。よく磨かれた黒い靴に灰色のシュースパッツをつけていた。

「椅子を持ってきなさい、お若いの」彼の声は細くて乾いていた。笹の葉擦れのように。

私は彼の横に坐った。彼は私をのぞき込むように見た。が、眼は笑っていた。

「われらが優秀なるミスター・ジャヴォネンは陸軍情報部に五年在籍した。彼のほうからきっとそう言ったと思うが」

「ええ。陸軍の対敵諜報部隊にいたと」

「陸軍情報部《ミリタリー・インテリジェンス》。軍がインテリだと？　こりゃ自家撞着語だよ。いずれにしろ、きみはミスター・ミッチェルの勘定がいかに支払われたかということに関心があるんだね？」

私は彼をとくと見た。彼の補聴器を見た。彼は胸のポケットを軽く叩いて言った。「こんなものが発明されるずっとまえから、私は耳が聞こえんのだよ。ハンター種の馬がフェンスの手前で急に尻込みした結果だ。もちろん私が悪いんだが。飛越させるタイミングが早すぎたんだ。まだ若かったし。喇叭《らっぱ》形の補聴器なんぞ使いたくなかったんで、読唇術《どくしんじゅつ》を覚えたんだ。これはそう簡単に習得できるものじゃないがな」

「ミッチェルのことですが……？」

「今話す。そう焦るな」そう言うと、彼は顔を起こしてうなずいた。

声がした。「こんばんは、ミスター・クラレンドン」バーに向かうベルボーイが老人に声をかけたのだった。クラレンドンは眼でベルボーイを追いながら言った。

「あの男とは関わり合いになるなよ。あいつはポン引きだ。私は世界じゅうのホテルのロビーやラウンジやバーやポーチやテラスや凝った庭園で長い長い年月を過ごしてきた。でもって、私の一族の誰より長生きしている。このあとも役立たずの穿鑿好きとして生きていくつもりだ。ストレッチャーに乗せられて、どこかの病院の風通しのいい角部屋に連れていかれる日が来るまではな。そこじゃ糊の利いた白衣姿の口うるさい女が世話をしてくれる。ベッドは上がったり下がったりする。食事のトレーも運ばれてくる。病院食というのは愛なき病院がつくりだすなんともすさまじい代物だが。彼らは脈拍と体温をひっきりなしに訃る。こっちがうとうとしたときに必ずやってきて訃る。私はそんなベッドに横になり、糊の利いたスカートの衣擦れや、靴のゴム底が無菌の床をこする音を聞く。医者が無言で浮かべるおぞましい微笑を見たりもする。やがて彼らは私に酸素吸入器を取り付け、小さな白いベッドのまわりを仕切りで囲む。自分でもわからないうち、私は世界の誰もが二度やる必要のないことをやることになる」

彼は首をゆっくりとめぐらして、私を見た。「どう見ても私は話しすぎとるな。きみの名前は？」

「フィリップ・マーロウです」

「私はヘンリー・クラレンドン四世だ。昔は上流階級などと呼ばれた階級に属する者だ。グロトン校からハーヴァード、ドイツのハイデルベルク、フランスのソルボンヌにかよって、スウェーデンのウプサラ大学にも一年かよった。なんでそんなことをしたのか、今となっては思い出せんが、有閑人生を送るにはうってつけの場所だと思ったんだろう、たぶん。きみは私立探偵なんだね？　さてさて、これでようやく私は自分以外の話題に取りかかれそうだ」

「そうですね」

「情報を得たいのなら、私のところに来ればよかったんだよ。もちろん、きみは何も知らなかったわけだが」

私は首を振り、煙草に火をつけた。まずミスター・ヘンリー・クラレンドン四世に一本勧めてから。彼はあいまいにうなずいて断わった。

「それでも、ミスター・マーロウ、きみにはひとつ心得ておくべきことがあった。贅沢なホテルには世界じゅうどこでも男女を問わず、五、六人の老人がロビーの椅子に坐り、眼をフクロウのようにしてあたりを観察しているものだ。まわりを観察し、耳をすまし、その成果を互いに比較し合う。だから彼らは誰のことでも知っている。何もかも。ほかにはすることがないからだ。ホテル暮らしというのはあらゆる退屈な人生の中でも突出している。私は今、こうやってきみまで退屈させている」

「ええ、ミスター・ミッチェルのことをお伺いできればありがたいです。少なくとも今夜のところは、ミスター・クラレンドン」

「もちろんだ。私は自分のことばかり、女子生徒みたいにぺちゃくちゃしゃべってる。愚かなことだ。あそこでカナスタをやってる堂々とした黒髪の女性がわかるかな？　宝石をつけすぎてる女性だ。金《きん》をたっぷり使った眼鏡をかけてる」

彼は指差しもしなければ、その女性のほうを見もしなかった。それでも誰のことを言っているのかすぐにわかった。何もかも度が過ぎていた。加えてちょっとばかりハードボイルド。いずれにしろ、宝石と化粧にまみれた女だった。

「名前はマーゴ・ウェスト。これまで七回離婚しておる。金はうなるほどあって、見かけも悪くない。それでも男を捕まえておくことができないのだな。入れ込みすぎるんだよ。とはいえ、彼女も馬鹿ではない。ミッチェルのような男と関係を持って、男に金をやったり、請求書をかわりに精算してやったりはしても、そういう男と結婚することはない。ゆうべ彼らは喧嘩をしたようだが、それでも彼女は彼の宿代を払ったんじゃないかね。そういうことはまえにもあった」

「彼は毎月トロントにいる父親から仕送りを受けてるんだと思ってました。それじゃ足りなかったんですか?」

ヘンリー・クラレンドン四世は冷ややかな笑みを浮かべて言った。「わが親愛なるミスター・マーロウ、ミッチェルにはトロントに住んどる父親などいないよ。だから月ごとの仕送りなんぞもらってない。あの男は女に寄生して生きとるんだよ。だからこういうホテルに住んどるのさ。贅沢なホテルにはいつも必ず金持ちで孤独な女がいるからね。その女性は美人とは言えないかもしれない。もう若くもないかもしれない。それでもそういうこととは異なる魅力を備えている。エスメラルダじゃ、デルマー競馬場の開催が終わってから一月の中頃までが不景気なシーズンになる。そういうときには当然カモを見つけるのがむずかしくなる。だからミッチェルのようなやつは猟場を変えなきゃならない――金があれば、マヨルカとかスイスとかな。懐が寒いようなら、フロリダとかカリブの島のどれかとか。今年は彼につきはなかった。だからワシントンまでしか行けなかった」

彼は軽く私を一瞥した。私は礼儀正しい無表情を保った。話し好きの老紳士に丁重に接している若者（彼の水準で）役を演じつづけた。

「わかりました」と私は言った。「もしかしたらホテルの勘定は彼女がすませたのかもしれない。でも、一週間分の前払いというのはなんなんです？」

彼は手袋をはめた手をもう一方の手に重ねた。そして杖を傾げ、体も傾げ、絨毯の模様をじっと眺め、そのあと歯をかちりと鳴らした。謎が解けたのだ。上体をまっすぐに戻すと、彼はそっけなく言った。

「手切れ金だな。ふたりのロマンスは回復不能なまでの決定的な終局を迎えたのだよ。昔ながらの言いまわしをすれば、ミセス・ウェストにしたところが愛想《あいそ》も小想《こそ》も尽き果てたのだろう。また昨日はミッチェルのほうに新たな登場人物がいた。暗い赤毛の娘だ。栗色っぽい赤毛か。炎のような赤毛でもなく、イチゴみたいな赤毛でもない。ただ、私が見るかぎり、ふたりの関係はいささか特異だった。ふたりとも相当な緊張状態にあるようだった」

「ミッチェルはその赤毛の女性を強請ったりしてませんでしたか？」

彼はさも可笑《おか》しそうにくっくっと笑った。「あの男は揺り籠の中の赤ん坊さえ強請りかねないだろうな。女に寄生して生きてるような男はしょっちゅう女を強請ってる。ことばで脅すことはなくても。それればかりか女の金を盗みもする。手が届きさえすれば。ミッチエルはマーゴ・ウェスト名義の小切手を二通偽造したんだよ。それでふたりの関係は終わった。その小切手は今もまちがいなく彼女が持ってるはずだ。だからと言って、そのことで騒ぎ立てることはないだろう。といって、わざわざ破棄したりもしないだろう」

「ミスター・クラレンドン、こんなことを訊くのは失礼かもしれないけれど、そういったことをあなたはどうやって知ったんです？」

「彼女から聞いたんだよ。彼女は私の肩に顔を埋めて泣いたよ」そう言って、彼は黒髪の堂々たる女性のほうを見た。「今の彼女の様子を見たら、私の話はおよそほんとうのこととは思えないかもしれないが、私が今話したのはほんとうのことだ」

「どうして私に話してくれるんです？」

彼の顔にぞっとするような笑みが浮かんだ。「まわりくどいのは嫌なんではっきり言うが、私はマーゴ・ウェストと結婚したいんだ。それが叶えば、もう結婚はしないという彼女のパターンが変わることになる。この歳になると、実に些細なことに興趣を覚えるようになる。ハチドリとか、ゴクラクチョウカという花のきわめて珍しい咲き方とか。その蕾《つぼみ》は成長のひとつの過程でどうして直角になるか？　どうして蕾はあんなにゆっくり分かれていくのか？　どうして花は必ず決まった順序で現われるのか？　固い蕾は鳥の嘴《くちばし》のように見え、それがそのあと開いて、ブルーとオレンジの花びらがゴクラクチョウを思わせる形をつくる。もっと単純にすることもできただろうに、いったいどれほど奇妙な神がこれほど複雑な世界をこしらえたのか？　神は全能ではないのか？　いや、どうして全能だなどと言える？　人の苦しみというのはその大半が無辜《むこ》の人々のそれなのに。イタチに追いかけられ、巣穴に追いつめられた母ウサギは、どうしてわが子を背後に隠し、おのれはイタチに咽喉を食い裂かれるのか？　どうしてだね？　二週間もすれば、子供の顔の見分けもつかなくなるのに。きみは神を信じるか、お若いの？」

　ずいぶんと長いまわり道だった。が、つき合わないわけにはいかなかった。「今ある世界を正確にそのまま意図してつくったのが全知全能の神だというなら、答はノーです」

「しかし、信ずるべきだよ、ミスター・マーロウ。信ずれば大いなる慰めとなる。われわれは最後にはそこに行き着く。なぜならわれわれはみな死なねばならず、みな塵《ちり》にならねばならないからだ。個人にとってはそれがすべてかもしれないし、すべてではないかもしれないが。死後の世界についても重大な問題がある。天国へ行って、コンゴのピグミー族や、中国人の苦力《クーリー》や、レヴァント人の絨毯商人や、そう、ハリウッドのプロデューサーもだ、そんな連中とひとつ屋根で暮らすのが愉しいとはとても思えない。私はスノッブだ。それは自覚しとる。こうした物言いがあまり上品なものでないこともわかっとる。それでも、一部で神として知られる、白くて長いひげを生やした善意の男によって統治されているのが天国だとは、どうしても想像できんのだよ。そういうのは幼稚な心がつくりだす愚かな概念だ。しかし、それがどれほどものであれ、人が抱く宗教的な信条には疑義をはさもちろん。私にしても天国に行けると決まったものでもない、もちろん。ただ、正直なところ、そこはとても退屈な場所のような気がする。一方、地獄はどんなふうに想像できるか？　そこは洗礼のまえに死んでしまった赤ん坊や、殺し屋や、ナチの死の収容所の所長や、ソヴィエトの中央政治局員でひしめき合っているわけだが、そんな世界をどんなふうに想像すればいい？　薄汚れたちっぽけな生きものでありながら、人間には気《け》高《だか》い大志を抱くことができるというのは、なんと奇妙なことか。気高い行為しかり、無私にして偉大なるヒロイズムしかり、過酷な世界にあって日々示される勇気しかり。この地上での人間の運命と比べると、これらの気高さはより鮮明になる。そのなんと不思議なことか。これにはなんらかの理由があるはずだ。そうした栄誉の行動はただの化学反応だとか、人がほかの者のために命を擲《なげう》つのは、ただ行動のパターンを踏襲《とうしゅう》しているだけだ、などとはどうか言わんでくれ。屋外広告板の裏で毒を盛られた野良猫が痙攣《けいれん》してひとりぼっちで死んでいくのを見て、神は幸せな気持ちになれるのだろうか？　人生というのは容赦のないもので、適者だけが生き残れるという現実に神は満足しているのだろうか？　そもそも適者とは何に適応した者なのか？　いや、適者などとんでもない。もし神があらゆる意味において全知全能なら、そもそもわざわざ宇宙などつくったりしなかっただろう。失敗の可能性のないところに成功はない。凡人の抵抗なくして芸術はありえない。神にも何もかもうまくいかない悪い日はあって、そうした神の日々はどこまでも長いなどと想像するのは、きわめて瀆神《とくしん》的なことなのかどうか？」

「ミスター・クラレンドン、あなたは賢い方だ。さっき〝パターンを変える〟といった話をなさってましたね」

彼は薄い笑みを浮かべて言った。「長広舌に埋もれてしまい、私は自分がさっき何を言ったのかも忘れてしまった。きみはそう思ったわけだ。それはちがうよ、若いの。ちゃんと覚えとるよ。ミセス・ウェストのような女性はたいてい似非《えせ》エレガントな財産狙いとか、魅力的なもみあげをしたタンゴダンサーとか、美しい黄金色の筋肉を持ったスキーのインストラクターとか、零落《れいらく》したフランスの貴族とかイタリアの貴族とか、中東のどこかの国の粗野な王子とかとの結婚を繰り返す。あまつさえ、繰り返すたび結婚相手は劣悪化する。もしかしたら彼女はミッチェルのような輩とさえ結婚するところまで落ちぶれてしまったのかもしれない。私と結婚すれば退屈な老いぼれと結婚することになるが、少なくとも紳士と結婚できるのに」

「ええ《ヤー》」

彼はさも可笑しそうにくっくっと笑った。「短音節の返事はきみがヘンリー・クラレンドン四世の話にほとほとうんざりしていることを如実《にょじつ》に物語っとる。だからと言って、文句はないよ。ミスター・マーロウ、きみはどうしてミッチェルに関心があるのだね？　もっとも、そんなことを訊いたところで、きみは答えちゃくれまいが」

「すみません、それはお教えできません。私が知りたいのは、彼はこっちへ帰ってきたばかりなのにどうしてさっさとここから出ていったのか、誰が彼の宿泊代を払ったのかということです。それと、それを払ったのがミセス・ウェストにしろ、もしかしたらクラーク・ブランドンのような裕福な友人にしろ、どうして一週間分の宿泊代を前払いする必要があったのか」

薄い彼の眉が弧を描いてもたげられた。「ブランドンならミッチェルの宿代ぐらい電話一本で保証できる。ミセス・ウェストのほうはミッチェルに現金を渡して本人に支払わせることを選ぶかもしれない。しかし、一週間分を前払いする？　ジャヴォネンはどうしてそんなことをきみに明かしたのか？　どうしてだと思う？」

「ミッチェルに関してホテルには知られたくないことがあるのかもしれない。公になると困るようなことが」

「たとえば？」

「自殺だとか殺人だとか、その手のことです。ただの思いつきですが。あなたのような方は当然ご存知と思いますが、宿泊客のひとりが窓から飛び降りても、それが大きなホテルだとまず名前は公にはなりません。ミッドタウンのホテルとか、ダウンタウンのホテルとか、よく知られた高級ホテルとか、そんなふうにしか報じられません。かなりの高級ホテルになると、階上《うえ》で何が起ころうと、ロビーに警官の姿を見ることすらない」

彼の眼が横に向けられた。釣られて私も見た。カナスタはどうやらお開きになったようだった。マーゴ・ウェストという名の宝石だらけで厚化粧の女性が男のひとりとバーに向かう姿が見えた。シガレットホルダーを船首斜檣《せんしゅしゃしょう》のようにまえに突き出していた。

「だから？」

「そう」と言いつつ私は懸命に頭を働かせた。「ミッチェルが名目上部屋をひとつキープしているとなると、それがどんな部屋であれ――」

「四一八号室だ」とクラレンドンはおだやかな声音で言った。「海側の部屋で、オフシーズンだと一泊十四ドル、シーズンだと十八ドルだ」

「さほど高くはなくても金欠男《きんけつ》にはこたえる額です。それを――さっきも言ったけれど――キープしたわけです。ということは、こっちを離れるのはほんの数日で、また戻ってくるつもりということです。にもかかわらず、車に荷物を山ほど積み込んで、朝の七時に出発するというのはなんとも奇妙だ。ゆうべは正体をなくすほど酔っぱらっていたことを考えると、なおさら奇妙な時間を選んだものだと思えてくる」

クラレンドンは椅子の背にもたれた。手袋をはめた両手は杖の柄に置かれたままだったが、力が抜けていた。疲れてきたようだった。「もしそういうことだったのだとしたら、ホテル側はきみにこんなふうに思わせようとするのではないかな、彼はもうこのホテルに戻ることはないと。となると、きみはどこかほかを捜さなきゃならない。これはつまり、ほんとうにきみが彼を捜しているのだとしての話だが」

　私は薄い色の彼の眼をじっと見た。彼は笑みを浮かべた。

「きみの話はどうも今ひとつよくわからんのだよ、ミスター・マーロウ。私はおしゃべりだが、だからと言って、ただ自分の声に聞き惚れているわけじゃない。実際の話、私には自分の声が聞こえていないわけだが。しゃべっていると、表面上失礼になることなく相手を観察することができる。今もきみを観察させてもらった。その結果、私の直感が語るに──直感というのが正しいことばとして──きみは実のところミッチェルに大して関心を持っていないように思える。そうでなければ、そもそもこの話をこれほど簡単に私に明かしたりはしなかっただろう」

「なるほど。かもしれません」ここは私としても明快きわまりない散文の一パラグラフでも提供できればいい頃合いだった。それができればヘンリー・クラレンドン四世も大いに気に入ってくれただろう。が、私にはこれ以上語れることが何もなかった。

「そろそろ行くよ」と彼は言った。「疲れた。部屋に戻って少し横になる。会えて愉しかったよ、ミスター・マーロウ」彼はゆっくりと立ち上がり、杖で体を支えた。それだけで一苦労のようだった。私も腰を上げ、彼の脇に立った。

「私は握手はしないんだ」と彼は言った。「私のこの醜い手は痛みどおしでね。手袋をしてるのはそのためだ。ではごきげんよう。もう二度と会うこともないかもしれんが、幸運を祈るよ」

そう言って歩き去った。頭をまっすぐにしてゆっくりと。あんなふうに歩かなければならないというのはおよそ愉しいことではないだろう。

メインロビーからアーチを抜けるには三段だけの階段をあがらなければならない。彼は時間をかけて一度に一段ずつあがった。動きはじめは必ず右足で、そのたび左足の側にある杖に体重がかけられた。アーチを抜け、エレヴェーターのほうに歩くところまで見送った。ミスター・ヘンリー・クラレンドンは人あたりのいい老人だった。それだけはまちがいない。

私はバーまで歩いた。琥珀色の影の中、ミセス・マーゴ・ウェストがカナスタ仲間と一緒に坐っていた。ウェイターがちょうど彼らのまえに飲みものを置いたところだった。が、実のところ、私はふたりにはあまり注意を払わなかった。少し離れた壁ぎわの小さなブースにもっとよく知っている人物が坐っていたので。しかもひとりで。

さっきと同じ服装だった。頭に巻いていたリボンは今はなかったが。解《ほど》かれた髪が額にかかっていた。

私は坐った。ウェイターがやってきた。注文するとすぐに立ち去った。見えないレコードプレイヤーから音楽が流れていた。低い音で。客におもねるように。

薄く笑みを浮かべて彼女が言った。「さっきはかっとなってごめんなさい。わたしとしても失礼だった」

「忘れてくれ。こっちにも非はある」

「わたしを捜してたの？」

「というわけでもない」

「だったら――そうそう、忘れてた」彼女はハンドバッグに手を伸ばすと取り上げ、膝の上に置いた。そして、中を漁《あさ》って小さなものを取り出し、テーブルの上を私のほうにすべらせた。小さなものではあったが、彼女の手で隠せるほど小さくはなかった。それは旅行小切手のフォルダーだった。「約束したでしょ？」

「いや」

「受け取りなさいよ。ほんとに馬鹿ね！　ウェイターに見られたくないんだけれど」

私は旅行小切手を取り上げると、ポケットにしまい、上着の内ポケットから小さな領収書綴りを取り出した。そして、まず領収書の控えに、次に本体に記入した。〝カリフォルニア州エスメラルダ、〈カーサ・デル・ポニエンテ〉ホテルにて。ミス・ベティ・メイフィールドより、〈アメリカン・エキスプレス〉発行の振出人副署付き額面百ドルの旅行小切手にて五千ドル受領。調査料が確定し、私の受諾によって雇用が正式に決まるまで、当小切手は預かり金とされ、要求があればいかなる場合にも振出人に返却される。フィリップ・マーロー〟。私はこのくどくどしい長文にサインし、綴りを掲げて彼女に見せた。

「読んだらきみも左の端にサインしてくれ」

彼女はそれを受け取ると、明かりに近づけて言った。

「ほんとに疲れる人ね、あなたって。何がしたいわけ？」

「私は公明正大な人間で、そのことはきみもよく知っている。それをはっきりさせておきたいだけだ」

彼女は私が差し出したペンを受け取り、サインすると綴りを返した。私はオリジナルを破り取って彼女に渡し、綴りをしまった。

ウェイターが私の飲みものを持ってやってきた。勘定は求められなかった。彼女は黙って首を振った。ウェイターは立ち去った。

「ラリーを見つけたかどうか、訊かないのか？」

「わかった。ラリーはもう見つけられましたでしょうか、ミスター・マーロウ？」

「いや。ただ彼はホテルをこっそり出ていた。泊まっていた部屋は四階で、きみの部屋と同じ側だ。階は下だが、そこそこ近い。いずれにしろ、九個の荷物をビュイックに積んで出ていった。ジャヴォネンというホテル探偵――本人は副支配人兼警備責任者と言っていたが――が言うには、ミッチェルはきちんと支払いをすまし、一週間分の部屋代を前払いして出ていったということだ。なんの問題もない。ちなみにジャヴォネンは私のことが嫌いみたいだ」

「あなたを嫌いじゃない人なんてこの世にいる？」

「きみとか――私には五千ドル分の値打ちがある」

「あなたにつける薬はないわね。ミッチェルは戻ってくると思う？」

「彼は一週間分前払いをしてる。言ったと思うが」

彼女は飲みものを静かに一口飲んで言った。「ええ、あなたはそう言った。でも、そのことは何か別のことを意味してるかもしれない」

「ああ。ただの思いつきだが、たとえばその代金は彼が払ったんじゃなくてほかの誰かが払ったとか。その誰かは何かをするための時間稼ぎがしたかったんだとか――たとえばゆうべきみの部屋のバルコニーにあった死体を始末するために時間が要ったとか。そもそも死体があればの話だが」

「やめて！」

彼女は飲みものを飲み干すと、煙草の火を揉み消し、立ち上がって歩き去った。勘定書きを残したまま。私は勘定を払い、ロビーを抜けた。何か理由があったわけではない。もしかしたら直感のようなものが働いたのかもしれない。そこでちょうどゴーブルがエレヴェーターに乗るのが見えたところを見ると。乗ってこちらを向いた彼と眼が合った。もしかしたらそう思っただけかもしれない。いずれにしろ、彼のほうは私に気づいた気配がなかった。エレヴェーターは階上《うえ》にあがっていった。

私は車まで歩き、〈ランチョ・デスカンサード〉に戻った。長椅子に横になって少し眠った。忙しい一日だった。少し休んで頭がすっきりすれば、少しは理解できるようになるかもしれない。いったい自分は何をしているのか。

18

一時間後、金物店のまえに車を停めた。そこはエスメラルダ唯一の金物店ではなかったが、裏をポルトンズ通りという狭い道が這っている唯一の金物店ではあった。店の数を数えながら東に歩いた。角に出るまで七軒あった。どの店もクローム枠のガラス張りになっていて光り輝いていた。角にあったのは服飾店で、ウィンドウにマネキンが置かれ、ライトを浴びてスカーフや手袋や宝石が陳列されていた。値札はどれにもついていなかった。角を曲がって南に向かった。がっしりとしたユーカリの木が歩道からはみ出して葉を茂らせていた。低いところで枝が伸び、幹がいかにも頑丈そうなユーカリで、ロスアンジェルスあたりでよく見られるひょろりと丈の高いやつとはちがっていた。ポルトンズ通りの奥の角に自動車の販売代理店があった。入口がどこにも見えないその店の塀沿いに歩いた。壊れた木枠、積み上げられた段ボール箱、ゴミを入れたドラム缶、土埃の積もった駐車スペースといった優雅な裏庭の景色を眺めながら。建物の数を数えた。簡単に見つかった。誰かに尋ねるまでもなかった。ずっと昔は普通の住まいだったと思われる小さな木造家屋の小さな窓にぽつんとひとつ、明かりがともっていた。手すりの壊れた木のポーチがあった。以前はペンキも塗られていたのだろうが、それははるか昔、この近辺が商店で埋め尽くされるまえのことだ。その頃には庭さえあったのかもしれない。今は屋根のこけら板が湾曲していた。玄関のドアは薄汚いからし色に変色していた。窓はぴしっと閉じられていたが、ホースで水をかける必要がありそうだった。窓越しに古いロールスクリーンの残骸が見えた。玄関ポーチにあがる階段が二段あったが、ちゃんと踏める踏み板はひとつしかなかった。その家と金物屋の積み荷降ろし場のあいだに、屋外便所らしきものがあった。それが、そのもの自体より傾いだ壁に剝き出しの水道管が貫通しているのが眼についた。それ以外には何も手を加えられていない。いかにもけちな金持ちらしい対処で、その結果、一軒だけのスラムが出来上がった。

かつては踏み板があったところをまたいで、ドアをノックした。呼び鈴はなく、応答もなかった。ドアノブを試してみた。鍵もかかっていなかった。ドアを押し開いて中にはいった。嫌な予感がした。不快きわまりないものを見つけてしまいそうな予感だ。

紙のシェードは破れ、支柱の歪んだ電気スタンドの電球がひとつついていた。寝椅子に薄汚れた毛布が掛けられていた。古い籐《とう》の椅子にボストンが発祥の揺り椅子、汚れたオイルクロスが敷かれたテーブル。テーブルにはコーヒーカップがひとつとスペイン語の新聞〈エル・ディアリオ〉、煙草の吸い殻入れになってしまっているソーサー、汚れた皿、小型ラジオ。ラジオからは音楽が流れていた。その音楽がやみ、男がスペイン語でコマーシャルをがなり立てはじめた。私はラジオを消した。羽根枕のような静寂が降りた。半分開けられたドアの向こうから目覚まし時計が時を刻む音がした。そのあと小さな鎖がたてる音が聞こえ、鳥の羽ばたきの音がし、しゃがれた早口の声が聞こえた。「誰《キエン・エス》だ？　誰《キエン・エス》だ？　誰《キエン・エス》だ？」そのあと怒ったサルがいかにも出しそうな声の早口が続いた。

部屋の隅に置かれた大きな鳥籠の中から、怒ったオウムの丸い眼が私を見ていた。そいつは止まり木を横に歩いて、私とのあいだをできるかぎり空けた。

「友よ《アミーゴ》」と私は呼びかけた。

オウムは狂ったような甲高い笑い声をあげた。

「ちょっとは口を慎《つつし》めよ、お兄さん」と私は言った。

オウムは止まり木のもう一方の端まで横歩きして、白いカップに嘴を突っ込み、馬鹿にしたようにオートミールを撒き散らした。もう一方のカップは水用だったが、その中にもオートミールがはいっていて、ぐちゃぐちゃになっていた。

「賭《か》けてもいいな、きみは下《しも》の躾《しつけ》すらできてないんじゃないか？」と私は言った。

オウムは私をじっと見て、ぎこちなく動き、小首を傾げ、片眼で私を見た。そのあとまえのめりになり、尾羽を震わせ、正しいことを言った。

「この馬鹿《ネシオ》！　出ていけ《フエラ》！」

どこかで蛇口から水が洩れている音がしていた。時計の音もしていた。オウムはその音を真似て増幅してくれた。

私は呼びかけた。「可愛いオウムくん――」

「このクソ野郎《イーホ・デ・ラ・チンガダ》」とオウムは言った。

私はオウムに嘲《あざけ》るような笑みを向け、キッチンのものと思われる半開きのドアを押し開けた。床にはリノリウムが張られていたが、シンクのまえのそれは敷板が見えるほどすり切れていた。火口が三つの錆びたガスコンロ。扉のない棚。そこには食器がいくつかと目覚まし時計が置かれていた。部屋の隅に、台に固定された湯沸し器。安全バルブがついておらず、いつ爆発してもおかしくないような骨董品だった。狭い裏のドア。鍵を鍵穴に挿し込んだまま施錠してあった。窓がひとつ。それも施錠されていた。電球が天井からひとつぶら下がっていた。雨洩りするのだろう、天井はしみだらけでひび割れてもいた。背後ではオウムが止まり木の上で意味もなく動いては、退屈そうな声をあげていた。

ブリキの水切り台の上に細いゴムのチューブ、その横にプランジャーが押し込まれたままの注射器があった。シンクの中には細長い小さな空のガラス瓶が三つ置かれ、その瓶の蓋の小さなコルクがそばに転がっていた。以前見たことのあるガラス瓶だ。

私は裏のドアを開け、外に出て、改装された屋外便所のところまで歩いた。屋根には傾斜があり、正面の高さは八フィート、奥は六フィートもなかった。ドアは外開きになっていたが、この狭さで内開きにするのは無理だ。鍵がかかっていたが、相当年季が入っており、簡単に開いた。

男の靴はすり減っていた。その爪先がもう少しで床に触れそうだった。男の頭は闇の中、屋根を支えているツーバイフォーの木材のすぐ近くにあった。黒いひもで吊り下げられていた。たぶん電気のコードだろう。爪先が下に伸び、なんだか爪先立ちを試みようとしているように見えた。カーキ色のデニムのズボンの裾が踵《かかと》の下まで垂れていた。男の体に触れ、もうすっかり冷たくなっていることを確かめた。慌ててコードを切ってもしかたがない。

男は自殺を確実なものにする努力をしていた。まずキッチンのシンクのそばに立って、ゴムのチューブを腕に巻きつけた。そして、握り拳をつくって血管を浮かび上がらせると、注射器に入れたモルヒネを目一杯血管に注入した。ガラスの瓶はすべて空《から》になっていた。必要十分以上の量を摂取したことだろう。そのあと注射器を置いて、腕に巻いたゴムのチューブをはずす。血管に直接注射したのだ、効果が現われるのに長くはかからない。それから外に出て、屋外便所に行き、便座の上に立ち、首にコードを巻きつける。そのときにはもう意識が朦朧としていたかもしれない。男はそこに立ちつづける。そのうち脚に力がはいらなくなる。あとの仕事は自分の体重が果たしてくれるに任せた。そのときにはもう何もわからなくなっていたかもしれない。もう半分眠っていたかもしれない。

私は彼をあとに残してドアを閉めた。家の中には戻らなかった。家の脇を通ってポルトンズ通りに出た。いかにも洗練された住宅街のいかにも洗練された通りに。私の気配を聞きつけてオウムが言った。「誰だ《キエン・エス》？ 誰だ《キエン・エス》？ 誰だ《キエン・エス》？」

誰かって？ 誰でもないよ、わが友よ。ただの夜の足音だ。

私は静かにそこを立ち去った。

19

静かに歩いた。特に行くあてもなく。それでも行き着く先はわかっていた。いつも同じだからだ。〈カーサ・デル・ポニエンテ〉。グランド通りに停めておいた車に乗ると、無意味に数ブロックぐるっとまわった。そのあといつものようにバーの入口近くの駐車スペースに停めた。車を降りて、隣りに停まっている車を見た。暗い色合いのみすぼらしいゴーブルのぽんこつ車だった。バンドエイドみたいにしつこくくっついてくる。

これがまた別なときなら、いったい彼は何をしているのだろうと頭をひねったことだろう。が、今はそんなことよりはるかに深刻な問題を抱えていた。首吊り死体については警察に届けなければならない。が、何をどう話せばいいのか、ことばがまるで浮かんでこなかった。どうしてあの男の家に行ったのか？　彼がほんとうのことを話していたのだとしたら、ミッチェルは早朝発ったことになる。どうしてそれが重要なのか。それはミッチェルを捜しているからだ。彼とは忌憚《きたん》なく話がしたい。何について？　そこから私は何も言えなくなる。何を言おうと、ベティ・メイフィールドに行き着いてしまうので。彼女は何者なのか。どこから来たのか。なぜ名前を変えたのか。ワシントンで何があったのか。あるいはヴァージニア州、どこであれ、彼女が逃げ出した場所で何があったのか。

私のポケットには彼女の金がはいっている。彼女の五千ドルの旅行小切手。彼女は私の正式な依頼人でさえない。どつぼにはまってしまった。それが今の私だ。

崖のへりまで歩いて波の音を聞いた。断崖の窪みの先で波が砕けるきらめきが時折見えるだけで、それ以外は何も見えなかった。窪みの中では波は砕けない。すり足で寄ってくるだけだ。デパートの売場監督みたいに。そのうち明るい月が出るだろうが、月は今はまだチェックインもしていない。

さほど遠くないところで、誰かが私と同じことをしていた。女性だった。私はその女性が動くのを待った。動いた。私の知っている相手であることがわかった。まったく同じ動きをする人間はふたりといない。完全に一致する指紋がふたつとないように。

煙草に火をつけ、いっときライターの火が私の顔を照らすに任せた。彼女は私のすぐ脇に来ると言った。

「わたしをつけまわすのはもうそろそろやめたら？」

「きみは私の依頼人だからね。きみを守ろうとしてるんだよ。私が七十歳の誕生日を迎えたら、誰かがそのわけを私に教えてくれるかもしれない」

「守ってくれだなんてわたしはあなたに頼んでない。わたしはあなたの依頼人でもない。もう家に帰ったら？――そもそも家があるなら――人を煩《わずら》わせるのはもうやめたら？」

「きみは私の依頼人だよ――五千ドルの値打ちのある。私としてはそのために何かしなきゃいけない。それがただ口ひげを生やすようなことだったとしても」

「手に負えない人ね。わたしはもうあなたにはつきまとわれたくないから五千ドル払ったのよ。ほんと、どうしようもない。あなたってわたしがこれまで会った中で一番どうしようもない人よ。変てこな人にはこれまで何人も会ってきたけど」

「リオの高級高層マンションの話はどうなったんだ？　映画スターの髪を整えるゲイの美容師みたいな不正直な笑みと繊細な動きで、執事がウェッジウッドのカップとジョージアン様式の銀食器を並べているあいだ、私はシルクのパジャマ姿できみの煽情的な長い髪を弄ぶという話はいったい――」

「うるさい！」

「あれは本気で言ったんじゃない、だろ？　その場の思いつきだった。いや、そんなものでさえない。私の睡眠を妨害し、ありもしない死体を探しまわらせるための悪ふざけだった」

「これまで鼻っ柱に見事な一発を食らったことはないの、あなた？」

「そんなことはしょっちゅうだ。だけど、時々相手を空振りさせることもある」

私は彼女をつかんだ。彼女は私の腕から逃れようともがいた。が、爪を立ててはこなかった。私は彼女の額にキスをした。すると彼女はいきなり私にしがみついてきて、私を見上げた。

「わかったわ。キスして、それでいくらかでも満足できるなら。ほんとうはこういうことはベッドがあるところで起これればいいと思ってるんでしょうけど」

「私も人間なんでね」

「馬鹿なことを言わないで。あなたは薄汚くて下衆《げす》な探偵よ。さあ、キスして」

私は彼女にキスした。そして、自分の口を彼女の口に近づけたまま言った。「彼は今夜首を吊った」

とっさに彼女は激しく私から身を引いた。「彼？」その声はほとんど声になっていなかった。

「このホテルの夜勤の駐車場係だ。もしかしたらきみは見かけたことがないかもしれない。

そいつはメスカル酒を飲み、マリファナを常習していた。ただ、今夜はモルヒネをたっぷり打って、ポルトンズ通りの自宅のあばら家の裏の屋外便所で首を吊った。ポルトンズ通りというのはグランド通りの裏通りみたいなところだ」

彼女は震えていた。私にしがみついていないとこのまま くずおれてしまいそうだった。何か言おうとした。が、ガマガエルの鳴き声のようなしゃがれ声しか出なかった。

「その男が見たと言ったんだ。ミッチェルが今朝早く九個のスーツケースを持ってここから出ていくところを。しかし、その話を信じていいものかどうか、どちらとも判断がつかなかった。で、もっと話を聞こうと今日の夕方会いにいったんだ、住所は聞いていたから。このことは警察に届けなきゃならない。となると、どうしてもミッチェルのことは話さなきゃならない。そこからさらにきみのことも」

「お願い、お願い――お願いだから、わたしの話はしないで」と彼女は囁《ささや》くように言った。「お金をもっとあげるから。好きなだけあげるから」

「冗談じゃない。きみはもう私が持ちきれないほどの金をくれてる。私が欲しいのは金じゃない。ただ知りたいんだ。自分はいったい何をしているのか。どうしてこんなことをしているのか。きみも職業倫理ということばは聞いたことがあるだろう。私にはその切れ端がまだ体にまとわりついてる。きみは私の依頼人だろ？」

「ええ、そうよ。もう降参よ。あなたにはみんな最後には降参するんじゃない？」

「とんでもない。常に誰かにこづきまわされてるのが私という人間だ」

私は旅行小切手をポケットから取り出し、ペンライトの明かりをあてて五枚切り取ると、残りはたたんで彼女に差し出した。「五百ドルは預かっておく。それできみと私の関係は合法的なものになる。さあ、話してくれ、すべてを包み隠さず」

「警察には届けなくてもいいいんじゃない？」

「いや、それは駄目だ。もう今すぐにも行かなきゃならない。これは譲れない。私がどんなつくり話をしようと、警察が見破るのには三分もかからないだろう。さあ、このろくでもないものを受け取ってくれ——受け取らなけりゃ、パンツを脱がして尻をひっぱたくぞ」

彼女は旅行小切手のフォルダーをつかみ取ると、ホテルのほうに歩きだし、闇に消えた。私はひとりその場に残され、なんだか自分が救いようのない馬鹿になったような気がした。どれほどそこに立っていたのかわからない。が、最後には五枚の小切手をポケットに突っ込み、疲れきった足で車まで歩き、行くべきところに向かうべく車を出した。

20

小さなモーテルを経営しているフレッド・ポープという男が、エスメラルダについての彼自身の考えを一度聞かせてくれたことがある。おしゃべりな年配の男だったが、彼の話は常に傾聴に値した。私の仕事では、そんなことをとても言いそうにない人物がきわめて重要な事実をひとつかふたつ、偶然口にすることがある。

「おれはここに三十年住んでるけど」と彼は言った。「ここに来たとき、おれは乾性喘息持ちだった。今じゃそれが湿性に変わった。昔はそりゃ静かな町で、犬が何匹もしょっちゅう道路の真ん中で寝てた。だからいつも車を停めて――車を持ってりゃだが――車を降りてやつらをどかさなきゃならなかった。そんなときやつらは、馬鹿にしたような眼でこっちを見るのさ。日曜なんか、ひょっとしておれはもう埋葬されちまったんじゃないかなんて思うほど、どこもかしこもひっそり閑《かん》としてたよ。何もかもが銀行の金庫みたいにぴったり閉じられちまってさ。グランド通りを歩いても、死体置き場の死体が味わうぐらいの愉しさしかなかった。煙草一箱買えなかった。ネズミがひげを櫛で梳《と》かしてる音さえ聞こえてきそうだった。おれとおれの古女房――十五年まえに死んじまったが――は崖沿いを這う道に面した小さな家に住んでたんだが、よくクリベッジ（通常、ふたりで愉しむトランプ遊び）をやっちゃ、何かたまには刺激的なことが起こらないかと耳をすましたもんだ。どこかの爺さんが散歩をしていて、その爺さんの杖の音がこつこつと聞こえてきやしないかとかな。そういう町にしたのは、ヘルウィッグ一族の意図的なことだったのか、あるいはそこにはヘルウィッグ老の悪意があったのか、なんとも言えんがな。当時、彼はここには住んでなかったしな。それでも、その頃から農業機械の世界じゃビッグネームだった」

「もっと考えられるのは」と私は言った。「彼には先見の明があって、エスメラルダが将来有望な投資対象になることを見越してたとか」

「かもな」とフレッド・ポープは言った。「いずれにしろ、彼は町を築こうとしていて、しばらくするとこっちに引っ越してきて、丘の上のタイル屋根の馬鹿でかい化粧漆喰造りの家に住みはじめた。ずいぶんと豪勢な邸宅だった。テラス付きの庭園に広い緑の芝生に花の咲く茂み。錬鉄製のゲート——聞いたところによると、イタリアから取り寄せたものだったそうだ。アリゾナの自然石を敷いた遊歩道があり、庭園は五種類も六種類もあった。隣人の姿なんぞめったに見かけないほど地所は広くて、彼は密造酒を日に二本は飲んだんだそうだ。聞いた話じゃ、けっこう荒っぽい男だったらしい。ミス・パトリシア・ヘルウィッグというひとり娘がいて、この人はなかなかの美人だった。今でもそうだが。

その頃にはもうエスメラルダは満杯になりかけていて、最初の住人は多くが年寄り夫婦だった。ほんとの話、あの頃の葬儀屋は有卦《うけ》に入《い》ってたな。くたびれた古亭主がころころ死んで、そのたび残された愛する古女房が手厚く葬ったから。古女房のほうはだいたいそのあと長生きしすぎた。おれの女房はそうはいかなかったが」

彼はそこでことばを切った。そして、しばらく横を向いてからまた話を続けた。

「その頃にはサンディエゴから市街電車も通っていたけれど、それでもまだ町は静かなものだった。静かすぎた。ここじゃ赤ん坊もほとんど生まれなかった。子供を産むというのはなんだか慎みに欠ける行為みたいに考えられてたんだよ。ところが、戦争で事情は一変した。今じゃ額に汗して働く男たちがいて、リーバイスに汚いシャツという恰好の逞しい学生がいて、芸術家がいて、カントリークラブで飲んだくれるやつがいて、原価二十五セントのハイボールグラスを八ドル五十セントで売るギフトショップがある。レストランがあり、酒屋がある。それでもいまだに広告板やビリヤード場やドライヴインはない。去年公園に硬貨投入式の望遠鏡を設置しようという動きがあったんだが、そのときの町議会の金切り声はあんたも聞くべきだったな。もちろん、やつらは否決した。とはいえ、ここはもう野鳥のサンクチュアリじゃない。ベヴァリーヒルズに負けないくらい洒落た店がいっぱいある。ミス・パトリシアのおかげだよ。彼女はこの町にいろんなものを与えるために生涯を尽くした。ヘルウィッグ老のほうは五年まえに死んだ。医者たちは彼に言ったそうだ、酒を減らさないと、あと一年も生きられないって。彼は悪態をついて医者たちを追い払って、言ったそうだ。朝も昼も夜も飲みたいときに飲めないんじゃ、一滴も飲まないのと変わらないとね。で、酒を断《た》った——それでも一年後に死んだ。

そういうたわごとにかけちゃ医者には定評があるからな。やつらはいつもそうさ。ミス・ヘルウィッグもわれわれと同じことを思ったんだろう。その医者たちが病院を解雇されて、この町からも追放されたところを見ると。だけど、そういうことがあっても町にはあまり影響しなかった。医者はまだ六十人ほどいたから。この町にはヘルウィッグ一族がいっぱいいる。中には名前のちがうやつもいるが、結局のところ、やつらは一族なのさ。金持ちもいれば、汗水垂らして働かなきゃならないやつもいる。ミス・ヘルウィッグはそんなやつらの大方より働き者だよ。今年八十六だが、ラバのように頑丈だ。煙草もやらなきゃ酒も飲まない。卑語は使わず、化粧もしない。この町に病院を建て、私立学校、図書館、芸術センター、公共のテニスコートをつくった。ほかにもいっぱいいな。でもって、本人は音が静かなことにかけてはスイス製の時計ほどとはいえ、三十年もまえのロールスロイスに今も乗ってる。さすがに運転手付きだけどな。そうそう、今の町長はヘルウィッグの親戚だ。二世代分は落ちる親戚だが。今、町庁舎として使われてる建物を建てたのもミス・ヘルウィッグだったと思う。彼女はそれを市に一ドルで売ったんだ。大した女だよ。もちろん、今ではここにもユダヤ人はいる。だけど、ひとこと言わせてくれ。ユダヤ人はなにしろせこい商売をするやつらで、ぼんやりしてると身ぐるみ剝がれるみたいに思われてるが、そんなのはでたらめだよ。商売を愉しんでて、商売が好きなユダヤ人がいるのは確かだけど、やつらが強面《こわもて》なのは表面だけだ。その下はつき合って愉しいやつらだよ。やつらも人間さ。相手がすっからかんになるまで巻き上げるような、血も涙もないやつらに会いたけりゃ、ユダヤ人じゃなくてもこの町にもいっぱいいる。骨までしゃぶった挙句、そのサーヴィス料まで求めてくるようなやつらだ。あんたの最後の一ドルを無理やり奪っておきながら、逆にあんたに一ドル盗まれたみたいな眼をあんたに向けてくる。そういうやつらだ」

21

エスメラルダの警察署は、ヘルウィッグ通りとオーカット通りの角に建つ、細長いモダンな建物の中にあった。私は車を停めて、署の中にはいった。どう話したものかまだ考えていた。同時に話さないわけにはいかないこともわかっていた。

執務オフィスは狭くとも清潔だった。当直の警官が受付デスクについていた。シャツには二本のきりっとした折り目がつけられ、制服はまるで十分まえにプレスしたかのようだった。六個一組のスピーカーが壁に設えられ、郡全体の警察署情報と保安官事務所情報を流していた。デスクには名札が置かれ、その日の当直警官の名前が書かれていた——グリデル。彼は顔を起こして私を見た。警官なら誰もがやるやり方で。つまり待ちの構えで。

「どういうご用件ですか？」彼は耳に心地よい落ち着いた声をしており、警察官としてきちんと訓練を積んでいることがわかる風貌をしていた。

「報告したい。死体を発見した。グランド通りの金物屋の裏のあばら家だ。ポルトンズ通りという名の路地に建ってる。そこの屋外便所みたいなところで人が首を吊って死んでいる。助けることはできなかった」

「あなたの名前は?」警官はすでにマイクのボタンを押していた。

「フィリップ・マーロウ。ロスアンジェルスの私立探偵だ」

「その家の所番地はわかりますか?」

「見たかぎりそういうものはなかったが、エスメラルダ金物商店の真裏だ」

「救急車、緊急要請」と警官はマイクに向かって言った。「エスメラルダ金物商店の背後の小さな家。自殺と思われる。その家の背後の屋外便所で縊死《いし》した模様」

警官は私を見て言った。「その人物の名前はわかりますか?」

私は首を振った。「ただ、〈カーサ・デル・ポニエンテ〉で夜勤の駐車場係をやっていた」

彼はノートのページを何枚かめくって言った。「そいつなら知ってます。マリファナ関連で犯罪記録が残ってる。なのになんで仕事が続けられてたんでしょうね? 今ではマリファナを断っていたのか。それにそういう仕事は人手不足だからなのか」

背が高く、花崗岩でできたような顔をした巡査部長がオフィスにはいってきて、私を一瞥して出ていった。そのあと車のエンジンがかけられた音が聞こえた。

当直警官は小さな館内電話のスウィッチを入れて言った。「警部、受付のグリデルです。フィリップ・マーロウという人がポルトンズ通りで死体を見つけたと報告しにきました。

救急車とグリーン巡査部長が現場に急行してます。その地区にはパトカーが二台います」

彼はしばらく警部と話してから私を見て言った。「アレッサンドロ警部があなたと話したいと言ってます、ミスター・マーロウ。廊下をずっと行って、つきあたりの右側のドアです」

私がスウィングドアを抜けたときには、彼はまたマイクに話しかけていた。

つきあたりの右側のドアには名前がふたつ表示されており、〝アレッサンドロ警部〟のほうはドアに取り付けられた飾り額に嵌め込まれ、〝グリーン巡査部長〟のほうは取りはずしできるパネルに収められていた。ドアは半分開いていたので、私はノックしてそのまま中にはいった。

机について坐っていた男の身なりも、受付警官と同じくらい非の打ちどころがなかった。何かカードを拡大鏡で見ていた。脇に置かれたテープレコーダーからは、いかにも打ちひしがれた不幸せな声がおぞましい話を語っていた。警部の身長は六フィート三インチはありそうで、髪はふさふさとした黒髪で、きれいなオリーヴ色の肌をしていた。制帽が机の上の彼のそばに置かれていた。顔を起こして私を見ると、テープレコーダーのスウィッチを切り、拡大鏡とカードを置いた。

「坐ってくれ、ミスター・マーロウ」

私は坐った。彼はしばらく無言で私を見た。その茶色の眼はやさしげだった。が、口元はそうでもなかった。

「おたくは〈カーサ〉のジャヴォネン少佐を知ってるんだよね」

「会ったことはあるけれど、警部、親しい間柄とは言えない」

彼は薄く笑った。「まあ、親しくなるのはむずかしいかもな。ホテルであれこれ嗅ぎまわる私立探偵が好きなホテルの警備責任者などいるわけがない。彼は以前は陸軍の対敵諜報部隊にいたんで、今でも少佐と呼ばれてる。ここは私が赴任した中で一番礼儀正しい町で、われわれもここらでは一番礼儀正しい警察だ。とはいえ警察は警察だ。さて、セフィリノ・チャンのことだが――?」

「そういう名前だったのか。知らなかったよ」

「そう、われわれは知っていた。エスメラルダでおたくは何をしてるのか、教えてもらえるかな?」

「私はまずクライド・アムニーというロスアンジェルスの弁護士に雇われた。仕事はスーパーチーフ号でロスアンジェルスにやってくるある人物のあとを尾《つ》けて、その人物がどこに行くか調べることだった。理由までは教えられなかった。ミスター・アムニーも知らないようだった。彼自身、ワシントンの法律事務所の依頼を受けての仕事ということだった。私は引き受けた。人を尾行するのは違法でもなんでもないからね。相手の行動の邪魔をしないかぎり。その人物はここエスメラルダに行き着いた。私はロスアンジェルスに戻って、いったいこれはどういう仕事なのか、ミスター・アムニーから訊き出そうとした。が、それは叶わなかった。だから私は報酬として妥当と思われる額――二百五十ドル――だけ受け取った。必要経費込みで。ミスター・アムニーはそのことをあまり快く思わなかったようだが」

警部はうなずいて言った。「今の話は、おたくがどうして今もここにいて、セフィリノ・チャンと何をしていたのかということの説明にはまったくなっていない。もうミスター・アムニーの下では働いておらず、別の弁護士に雇われたわけでもないなら、おたくには秘匿特権がなくなるが」

「そう急《せ》かさないでくれよ、警部、頼むよ。私が尾行していた人物はラリー・ミッチェルという男に脅迫されていた。正確には脅迫未遂といったところかもしれないが。ミッチェルは〈カーサ〉に住んでいる。あるいは住んでいた。私はミッチェルと連絡を取りたかった。しかし、彼に関する情報は、ジャヴォネンとこのセフィリノ・チャンからしか得られなかった。ジャヴォネンによれば、ミッチェルはもうチェックアウトしたということだった。それまでの宿泊代を払い、さらに一週間分の宿泊代を前払いして。チャンは私にミッチェルは今朝の朝の七時に九つのスーツケースを持ってホテルを出ていったと言った。ただ、そう言ったときのチャンにはどこか引っかかるものがあった。で、改めて話を聞こうと彼のところに出向いたわけだ」

「チャンの住所はどうやってわかった?」

「本人が教えてくれたんだ。何かと不満を抱えた男だった。自分は金持ちが所有する地所に住んでるんだが、そこの住環境は最悪だと怒っていた」

「おたくの説明はまだ充分とは言えないよ」

「ああ、自分でもそう思う。チャンはマリファナ常習者だった。で、私は売人のふりをした。私の稼業じゃ時々、ほんとの自分じゃない役を演じなきゃならないことがあってね」

「さっきよりはよくなった。だけど、まだ足りない。たとえば今のおたくの依頼人だ——そういう相手がいるとして」

「それは秘密にできないかな?」

「場合による。これが裁判になったら話は別だが、脅迫されてる人物の名前をこの段階で公にする必要はない。ただ、この人物が犯罪を犯して起訴されたり、訴追《そつい》を逃れるために州境を越えたりした場合には、彼女の現在の居所や彼女が使っている名前を報告するのが、法執行官としての私の義務になる」

「彼女? もう知ってるのか。だったらどうしてわざわざ訊く? 私は彼女がどうして逃げてるのかも知らない。訊いても教えてくれないんだよ。私が知ってるのは、彼女がなんらかのトラブルに巻き込まれていること、恐怖におののいていること、それにミッチェルはなぜか彼女を言いなりにできる術《すべ》を心得ていること——それぐらいだ」

警部はなめらかな片手の動作で煙草を引き出しから取り出して口にくわえた。が、火はつけなかった。

またじっと私を見た。

「よかろう、マーロウ、今のところはこれぐらいにしておくか。ただし、何か嗅ぎつけたら、その情報をおたくが届ける先はここだからな」

私は立ち上がった。彼も立ち上がり、手を差し出して言った。

「ここの警察は荒っぽい警察じゃないが、それでも仕事はきっちりやらなきゃならない。ジャヴォネンといがみ合うようなことはやめてくれ。あのホテルのオーナーはこの町に何かと貢献してくれていてね」

「わかった、警部。いい子にしているよ――ジャヴォネンみたいなやつが相手でも」

廊下を戻った。同じ警官が受付デスクについており、私に会釈してきた。私は夕暮れの中に出て車に乗った。ハンドルをきつく握りしめてしばらくそのまま坐っていた。私にも生きる権利があるかのように扱ってくれるお巡りに、私は慣れていなかった。そうして坐っていると、警察署の正面入口のドアから受付警官が顔をのぞかせ、アレッサンドロ警部が戻ってきてくれと言っていると呼ばわった。

警部のオフィスに戻ると、彼は電話をかけていて、私を見ると、客用の椅子に坐るように顎で示し、受話器に耳をすまし、手早くメモした。新聞記者の多くが使っている要約文で書いているようだった。しばらくして彼は言った。「どうもありがとう。互いに連絡を取り合おう」

そのあと椅子の背にもたれ、机を指でコツコツと叩き、眉をひそめて言った。

「保安官事務所のエスコンディード出張所から報告があった。ミッチェルの車が発見されたそうだ――どうやら乗り捨てられていたみたいだ。おたくも知りたがるだろうと思ってね」

「ありがとう、警部。で、どこで見つかったんだね?」

「ここから二十マイルほどのところだ。一応ハイウェー三九五号線に出る道だが、人が三九五号線に向かうのに普通使う道じゃない。ロス・ペナスキートスと呼ばれてる渓谷で、露頭と荒れ地と枯れた川床以外何もないようなところだ。ただ、私はそこをよく知ってるが。今朝、ゲイツという牧場主がそのあたりを小型のトラックで通りかかった。塀に使える自然石を探してたそうだ。で、道路脇にツートーンのビュイックが停まってるのを見かけた。しかし、たいして注意は払わなかった。使いものにならなくなって捨てられたようには見えなかったんで、誰かがいっときそこに停めたんだろうと思ったそうだ。

そのあと午後の四時頃になって、ゲイツはまた戻ってきた。もうちょっと自然石を探そうと思って。すると、ビュイックはまだそこにあった。今度はゲイツもトラックを停めてビュイックを調べた。鍵は挿さってなかったが、車はロックされてなかった。損傷のようなものも見あたらなかった。それでも、ゲイツは車の登録番号と登録証に載ってた住所と氏名を書きとめた。そして、牧場に戻ると、エスコンディードの保安官出張所に電話した。出張所の連中はもちろんロス・ペナスキートス渓谷を知っており、保安官補のひとりが出向いて車を確認した。不審な点は何もなかった。その保安官補はトランクまで開けたりもしたんだが、スペアタイヤと工具以外何もなかった。で、エスコンディードに戻って、うちに連絡をくれたわけだ。さっき電話で話してたのがその保安官補だ」

私は煙草に火をつけ、アレッサンドロ警部に一本勧めた。彼は首を振った。

「どう思う、マーロウ？」

「あんた同様、何も」

「なんでもいい、聞かせてくれ」

「姿を消さなきゃならないもっともな理由がミッチェルにはあって、彼を連れ出してくれる友達――ここの人間には知られていない友達――がいたとすれば、彼は自分の車をどこかのガレージに預けただろう。そうしておけば、誰も不審には思わないだろうし、ガレージの人間も奇妙に思ったりしない。ただ車を預かるだけのことなんだから。ミッチェルのスーツケースはその友達の車に載せればいい」

「つまり？」

「つまり、ミッチェルにはそういう友達がいなかったということだ。だから煙みたいに消えてしまった。九つのスーツケースとともに。ほとんど誰にも使われない淋しい路上から」

「肝心なのはそこからだろ?」と言った彼の声音には棘《とげ》があった。私は立ち上がった。

「つっかかるのはやめてくれ、アレッサンドロ警部。私は悪いことは何もしちゃいないんだから。あんたはここまでずっと人間的だった。だから、私がミッチェルの失踪に何か関わってるなどという考えは捨ててくれ。彼が私の依頼人のどんな弱みを握ったのか、いや、握っているのか、私には皆目わからないんだから。私にわかってるのは、彼女が孤独で、怯えきっていて、不幸せだということだけだ。どうしてそんなことになってしまったのか、その理由がわかったら、あんたに教えるかもしれないし、教えないかもしれない。教えなかったら、法律に則って私を締め上げればいい。そういうことはこれまでに経験しなかったわけでもない。私は依頼人も自分も売らない。たとえ相手がいいお巡りでも」

「このあと事態がそんなふうにならないことを祈るよ、マーロウ。一緒に祈ろう」

「もちろん、一緒に祈るよ、警部。これまでの対応については感謝してる。ありがとう」

私は廊下を戻り、当直の警官に会釈し、車に乗った。二十歳は老け込んだ気がした。

私にはわかっていた。ミッチェルはもう生きていないことが。それはアレッサンドロ警部にもわかっていた。まぎれもない。ミッチェルは自分で車を運転してロス・ペナスキートス渓谷に行ったりしなかった。何者かがそこまで運んだのだ。後部座席の床にミッチェルの死体を横たえて。

それ以外考えられなかった。統計的な意味から成り立つ事実がある。書かれたものとして、テープレコーダーに録音されたものとして、さらに証拠として成り立つ事実だ。一方、事実でなければならないという理由から成り立つ事実もある。そう考えないと意味をなさないという一点において成り立つ事実だ。

22

突然の夜中の叫び声のようなものだった。実際には聞こえなくても。たいていのところ夜だ。暗い時間は危険な時間だから。私の場合、白昼起きたこともあるが。どこまでも澄みきったあの奇妙な一瞬、知らなければならない理由もわからず、ただ何かを知ってしまうことがある。これまでの長い時間と長い緊張によってもたらされるわけではなく、気づいたときにはもう、闘牛士の言う〝決着のとき《ザ・モーメント・オヴ・トゥルース》〟を体感している。そういうことが時に起こる。

ほかに理由はなかった。すじの通る理由はいっさいなかった。が、〈ランチョ・デスカンサード〉の入口のまえで車を停めると、ライトを消し、エンジンを切ったところで、そのあとも惰性で下り坂を五十ヤードほどのろのろ車を転がした。そこでハンドブレーキを目一杯引いた。

坂を歩いてのぼり、オフィスに行った。夜間用ベルの上のライトはともっていたが、オフィスは閉まっていた。まだ十時半なのに。私はオフィスのコテージの裏にまわり、木々のあいだを歩いた。すると、二台の車が停めてあった。一台は〈ハーツ〉のレンタカーで、その匿名性はパーキングメーターの中の五セント硬貨といい勝負だろう。それでものぞき込むと、登録番号が見えた。その車の横に停まっているのがゴーブルの黒っぽいおんぼろ小型車だった。ちょっとまえに〈カーサ・デル・ポニエンテ〉に停まっていたのを眼にしたが、そのあとこっちに移動してきたらしい。

木々のあいだを縫ってくだり、私の部屋があるコテージの下に出た。暗かった。何も聞こえなかった。私は玄関の階段をあがってドアに耳を押しつけた。しばらく何も聞こえなかった。が、そのあと押し殺したすすり泣きが聞こえてきた。女ではない男のすすり泣きだ。そのあと、ひび割れたような低くてか細い笑い声がした。さらにそのあと強烈な殴打と思《おぼ》しい音。続いて静寂。

玄関の階段を降りて木々のあいだを抜け、停めた車のところまで戻った。トランクを開けてタイヤレヴァーを取り出すと、注意深く――さらに注意深く――自分の部屋のあるコテージに戻り、また耳をすました。静寂。何も聞こえない。夜の静けさ。ペンライトに手を伸ばし、窓に一度光をあてた。そしてすぐにドアから離れた。しばらく何も起こらなかった。そのあとドアが開いた。

開きかけたドアに肩から体あたりして、さらに開かせた。男はよろけてあとずさり、笑い声をあげた。かすかな光を受けて、男が手にした銃が光った。男の手首めがけてタイヤレヴァーを思いきり振り下ろした。男は悲鳴をあげた。私はもう一方の手首もタイヤレヴァーでつぶした。銃が床に落ちた音がした。うしろに手を伸ばして明かりのスウィッチをひねり、足で蹴ってドアを閉めた。

生気のない眼と青白い顔をした赤毛の男だった。苦痛に顔をゆがめていた。が、眼は無表情だった。相当痛いはずだが、男はまだタフなままだった。

「あんた、長生きはできないな、兄さん」と男は言った。

「おまえのほうはもう寿命が尽きかけてる。とっとここから出ていけ」

男はどうにか笑ってみせた。

「まだ脚はあるんだから」と私は言った。「脚を曲げて膝をついたら、床にうつ伏せに横になれ——顔が惜しけりゃそうすることだ」

男は私に唾を吐きかけようとした。が、咽喉がつまってできなかった。自分から膝をつき、両腕を広げた。うめき声をあげていた。そこで突然気を失ってくずおれた。こういうやつらは、仕込まれた手札を持たされているあいだはとことんタフでも、そういう手札ではない手札のことは何も知らない。ゴーブルがベッドに横たわっていた。顔は痣と傷だらけで、鼻が折れていた。意識はなく、首を半分絞められているような息をしていた。

赤毛はまだ意識をなくしていた。銃は近くの床に転がっていた。赤毛の近くに。私は赤毛のズボンのベルトをどうにかはずして、それで赤毛の足首を縛ると、仰向けにしてポケットを探った。財布には現金六百七十ドルと、リチャード・ハーヴェスト名義で、住所がサンディエゴの小さなホテルになっている運転免許証がはいっていた。ほかには番号が振られたほぼ二十の銀行の小切手、クレジットカードが数枚あったが、銃の許可証はなかった。

彼をそこに残して、オフィスに行き、夜間用ベルを鳴らした。ボタンを押しつづけた。しばらくすると、暗がりの中、誰かが現われた。パジャマにバスローブを羽織ったジャックだった。私はまだタイヤレヴァーを手に持っていた。

ジャックは驚き顔で言った。「どうしたんです、ミスター・マーロウ?」

「いや、どうもしない。私の部屋でごろつきが私を殺そうと待ちかまえていただけだ。もうひとり半殺しにされてベッドに横たわっているやつもいる。たいしたことじゃない。この辺じゃよくあることだ、たぶん」

「警察を呼びます」

「それはそれはご親切に、ジャック。ご覧のとおり、私はまだ生きてる。ここをどうすればいいかわかるかい? 動物病院にするといい」

彼は鍵を開けてオフィスにはいった。彼が警察に電話をしているのを聞き届けてから、私は自分のコテージに戻った。赤毛は根性のあるやつだった。上体を起こしてどうにか壁にもたれ、床に坐っていた。相変わらず眼には表情がなかったが、口元を歪め、笑みごときものを浮かべていた。

私はベッドに行った。ゴーブルは眼を開けていた。

「ドジった」と囁くように言った。「思ったほどうまく立ちまわれなかった。おれも焼きがまわった」

「警察はもうこっちに向かってる。何があったんだ？」

「自業自得だ。文句は言えない。こいつは殺し屋だ。だからおれにはつきがあったんだろう。まだ息ができてるところを見ると。こいつにここまで運転させられ、叩きのめされ、縛り上げられた。そのあとこいつはしばらく姿を消した」

「誰かに車で拾わせたんだろう、ゴーブル。あんたの車の横にレンタカーが停まってた。そのレンタカーがそのまえに〈カーサ〉にあったとしたら、それを取りにいかなきゃならなかった」

ゴーブルはゆっくりと首《こうべ》をめぐらし、私を見た。「おれはこれで自分を抜け目のない人間だと思ってた。どうやらそうでもなかったみたいだな。今はもうただただカンザスシティに帰りたい。小物には大物は叩けない――絶対に。いずれにしろ、あんたに命を助けられた」

警察がやってきた。

最初にパトロール警官がふたりやってきた。例によってしみひとつない制服を着た、いかにも冷静で真面目そうなふたりだった。これまた例によってふたりとも表情はなかった。そのあとタフな大男の巡査部長が現われた。名前はホルツミンダー。その日の巡回担当巡査部長だった。赤毛の男をちらりと見たあと、ベッドに近づくと、肩越しに手短に言った。

「病院に電話しろ」

巡査のひとりが乗ってきたパトカーに走っていった。巡査部長はゴーブルの上に身を屈めて言った。「何か言いたいことは?」

「そこの赤毛にやられたんだ。金も盗られた。〈カーサ〉で銃を突きつけられ、ここまで車を運転させられた。そのあと半殺しにされた」

「どうして?」

ゴーブルはため息のような音をたて、力なく頭を枕に沈めた。また気を失ったのか、気を失ったふりをしたのか。巡査部長は体を起こすと、私のほうを振り向いて言った。「あんたの言い分は?」

「言い分も何もないよ、巡査部長。ベッドに寝てるやつとは今夜夕食を一緒にとったけど、二、三度会っただけだ。本人はカンザスシティの私立探偵だと言っていたが、ここで何をしていたのかはわからない」

「こいつのほうは？」巡査部長はそう言って面倒くさそうに赤毛の男を示した。赤毛の男は何か病気の発作のような不自然な笑みを浮かべていた。

「これまで会ったこともないやつだ。だから何も知らない。銃を構えてここで私を待ちかまえていたこと以外は何も」

「それはあんたのタイヤレヴァーか？」

「そうだ、巡査部長」

別の警官が部屋に戻ってきて巡査部長に会釈して言った。「こっちに向かってます」

「あんたはタイヤレヴァーを手に持ってた」と巡査部長は冷ややかに言った。「どうして？」

「誰かが私を待ちかまえてるんじゃないか。そんな勘《かん》が働いたということにしておいてくれ」

「いや、そんな勘は働かなかったということにしておこう。あんたは誰かがおたくを待ちかまえてることを初めから知ってた。ほかにもあれこれ知っていた」

「自分が何をしゃべってるのかわかるまでは、わけもなく人を嘘つき呼ばわりしないことにしないか？　記章に三本線がはいってるからと言って、タフぶるのもやめることにしよう。もっとある。その赤毛は悪党かもしれないが、両手首を折られてる。それが意味するところはわかると思うが、こいつにはもう二度と銃を扱えないということだ」

「となると、あんたを暴行罪でぶち込まなきゃならなくなる」

「したけりゃそうすりゃいいよ、巡査部長」

救急車が到着し、まずゴーブルが運び出された。そのあと研修医が赤毛の折れた両手首に間に合わせの副木《そえぎ》をあて、足首のベルトをはずした。赤毛は私を見ると、笑って言った。

「この次はおれももうちっと考えるよ、相棒――今回、あんたはうまくやった。すごくな」

彼も連れ出された。救急車のドアが音をたてて閉められ、サイレンのうなりもやがて消えた。巡査部長は椅子に坐っていた。制帽を脱いで額の汗を拭きながら、抑揚のない声音で言った。

「やり直そう。最初から。つまりおれたちは互いにいがみ合ってなどおらず、互いに理解しようと思ってるところから。できるかな？」

「ああ、巡査部長、できるとも。チャンスをくれてありがとう」

23

結局、また警察署に行くことになった。アレッサンドロ警部はいなかった。私はホルツミンダー巡査部長が作成した調書にサインした。

「タイヤレヴァーか、ええ？」と彼は含み笑いをしながら言った。「ひどい賭けに出たもんだ。タイヤレヴァーを振りまわしてるあいだに四発ぐらい撃たれていてもおかしくなかった」

「いや、そうでもないよ。ドアにはかなり激しく体あたりしたし、タイヤレヴァーも大振りはしなかった。それに、あの男としても私を撃てとは言われてなかったんじゃないかな。あいつはあいつで仕事をしてたんだよ」

それで終わりではなかったが、最後には解放してくれた。ベッドに行く以外何をするにも遅すぎる時間だった。誰かと話をするにも遅すぎた。それでも、私は電話局に行き、ふたつ並んでいるこぎれいな公衆電話ボックスのひとつにはいり、ドアを閉め、〈カーサ・デル・ポニエンテ〉に電話した。

「ミス・メイフィールドにつないでくれ。一二二四号室のミス・ベティ・メイフィールドだ」

「こんなお時間にお客さまにお取り次ぎはできません」

「どうして？　手首を折られでもしたのか？」その夜の私はどこまでもタフな男だった。「緊急でもないのにこんな時間に電話をかけると思うか？」

つないでくれた。眠そうな彼女の声がした。

「マーロウだ。まずいことになった。私がそっちに行こうか？　それともきみがこっちに来るか？」

「どうしたの？　まずいことって何？」

「今回ばかりは黙って私の言うとおりにしてくれ。駐車場で拾おうか？」

「着替えるから少しだけ時間をちょうだい」

電話ボックスを出て車のところまで行き、〈カーサ〉まで走らせた。三本目の煙草を吸い、無性に酒が飲みたくなったところで、彼女が足音をたてることもなく急ぎ足でやってきて、車に乗り込んだ。

「どういうことなのかわたしにはさっぱりわからないんだけれど――」と言いかけた彼女を制して私は言った。

「いやいや、どういうことなのかきみだけがわかってるのさ。今夜はそれを話してもらう。拗《す》ねてみせたりするのはもうやめてくれ。その手はもう通用しない」

私は車を急発進させ、スピードを上げ、閑散とした道路を走り、〈ランチョ・デスカンサード〉にはいると、木々の下に停めた。彼女は何も言わず車を降りた。私はコテージの鍵を開け、部屋の明かりをつけた。

「何か飲むか？」

「いいわね」

「薬を飲んでるのか？」

「睡眠薬のことを言ってるのなら、今夜は飲んでないわ。でも、クラークと外出してシャンパンをすごくいっぱい飲んだ。そういうことをすると決まって眠くなる」

　私は飲みものをふたつつくり、ひとつを彼女に渡した。そして、椅子に坐ると、頭を椅子の背に預けて言った。

「悪いが、ちょっと疲れていてね。二、三日に一回ぐらいは坐らざるをえなくなる。ずっと克服しようとしてる私の弱点だけど、もう私も昔ほど若くない。そうそう、ミッチェルは死んだよ」

　彼女は咽喉の奥で息をつまらせた。手が震えていた。青ざめてもいたかもしれない。それははっきりしなかったが。

「死んだ？」と囁くように言った。「死んだの？」

「おいおい、いい加減にしてくれ。きみにはいっときすべての探偵を、あるいは常に何人かの探偵を騙すことはできても——（リンカーン大統領の名言のもじり。原典は〝探偵〟ではなく〝人々〟）」

「うるさい！　黙って！　あなた、自分をなんだと思ってるの？」

「いくらかでもきみのためになることができる場所に行き着こうと必死になってる男だと思ってる。きみが二進《にっち》も三進《さっち》もいかなくなってることが理解できるくらいには経験も知見もある男だとね。きみをそこから救い出そうとしてるのに、きみからはなんの助力も得られていない男でもある」

「ミッチェルが死んだ」と彼女は息を殺したような低い声で言った。「さっきはことばが過ぎたわ。ごめんなさい。どこで死んだの?」

「彼の車が乗り捨てられているのが見つかった。場所はきみに言ってもたぶんわからないようなところだ。内陸に二十マイルほどはいった、ほとんど使われていないような道に停められていた。ロス・ペナスキートス渓谷と呼ばれてる不毛の地だ。車には何もなかった。スーツケースも何も。普段は誰も通らないような道に、からっぽの車が一台乗り捨てられていた」

彼女は手にした飲みものを見て、たっぷり一口飲んだ。「彼は死んだ。あなたはそう言った」

「なんだかもう何週間もまえのことのように思えるが、まだ時間単位で考えられることだ、彼の死体を始末できたらリオでの豪勢な暮らしが待っているなどと誰かに誘われたのは」

「でも、死体なんかなかった――つまり、わたしは夢を見てたのよ、きっと――」

「いいかい、お嬢さん、きみは夜中の三時にほとんどショック状態でやってきて、彼がどこにいるか、彼がきみの部屋の狭いバルコニーの寝椅子にいかに横たわっているか、きっちり説明した。で、私はきみと一緒にホテルに戻り、非常階段をあがった。私の職業ではつとに知られる無限の用心深さを発揮して。ところが、ミッチェルはいなかった。おまけにきみはけちなベッドとけちな睡眠薬に抱かれて眠ってしまった」

「そうやってひとり悦に入ってればいいわ」と彼女はぴしゃりと言った。「そういうことをするのがあなたは好きなんだから。だったら、どうしてあなたはあのときわたしを抱かなかったの？　そうしていれば睡眠薬は要らなかったかもしれない——たぶん」

「一度にひとつずつ行こう、それできみもよければ。まず第一にきみはここへ来たとき真実を語っていた。ミッチェルは確かにきみの部屋のバルコニーで死んでいた。ところが、きみがここへ来て私をうまくたぶらかそうとしているあいだに、誰かが死体をどこかに運び出してしまった。そいつはミッチェルをミッチェルの車のところまで運び、荷造りをしてミッチェルのスーツケースを積み込んだ。これだけのことをやろうと思えば時間がかかる。時間以上のものも要る。そもそもとてつもなく大きな理由が要る。さて、いったいどこのどいつがそんなことをわざわざやろうとするか。自分の部屋のバルコニーで人が死んでいることを警察に報告しなきゃならないなどという、ちょっとした決まりの悪さからきみを救うために、いったい誰がそんなことをするか？」

「うるさい！」彼女は飲みものを飲み干すと、グラスを脇に置いた。「わたし、疲れてるの。あなたのベッドで横になってもかまわない？」

「服を脱ぐなら」

「いいわよ。脱いであげる。あなたはずっとそれが目的だった、ちがう？」

「ただ、きみは私のベッドが気に入らないかもしれない。実はゴーブルが今夜そこで半殺しの目にあってね――リチャード・ハーヴェストという雇われた殺し屋に。かなり痛めつけられた。ゴーブルのことは覚えてるだろ？　こないだの夜、黒っぽい小型車で丘までわれわれを尾《つ》けてきたやつだ」

「ゴーブルなんて名前の人はひとりも知らない。リチャード・ハーヴェストなんていう人も。どうしてそういうことがわかったの？　その人たちはあなたの部屋で何をしてたの？」

「雇われた殺し屋は私を待っていた。私のほうはミッチェルの車のことを聞いたせいか、どういうわけか勘が働いた。将軍やほかのお偉いさんにさえ勘が働くことがあるそうだ。私にも働いてなぜ悪い？　肝心なのは勘が働いたときの見きわめだ。勘に真面目につきあうかどうか。今夜は――もう昨夜か――私につきがあった。勘に従って動いたおかげで、銃を構えた殺し屋にタイヤレヴァーで対抗できた」

「あなたって唯一無二無双無敵の人なのね」と彼女はことばとは裏腹にむしろ辛辣に言った。「ベッドのことは気にしないわ。服は今ここで脱ぐの？」

私は彼女に近づくと、彼女を引っぱって立たせ、体を揺すった。「くだらない話はもういいから、ベティ。私がきみのすばらしい白い体が欲しくなるのは、きみが私の依頼人でなくなってからだ。私はきみが何を怖れているのか知りたい。それもわからずにきみに何がしてやれる？　きみがそれを言ってくれないかぎり」

彼女は私につかまれたまま、すすり泣きはじめた。

女性には自ら身を守る術がかぎられている。が、そのかぎられたもので驚嘆すべき業《わざ》を為す。

私は彼女の体を自分の体にきつく押しつけて言った。「泣けばいい、好きなだけ。そうやって泣けばいい、好きなだけ。ベティ、遠慮は要らない、私は我慢強い人間だから。もしそうじゃなければ——そう、もしそうじゃなければ——くそ——」

そこまでしか言えなかった。彼女は私にぴたりと体を押しつけながら震えていた。が、顔を起こすと、私の頭を引き寄せた。気づくと、私は彼女にキスしていた。

「ほかに女の人がいるの?」と彼女は私の歯と歯のあいだでやさしく訊いてきた。

「これまでにいたことはいたよ」

「でも、すごく特別な人は?」

「一度だけ。ただ続かなかった。しかし、それも昔の話だ」

「わたしを奪って。わたしはあなたのものよ——わたしの全部が。わたしを全部奪って」

24

誰かがドアを強くノックする音で眼が覚めた。私はまぬけな寝惚《ねぼ》け眼《まなこ》を開けた。彼女が私にしっかりとくっついていたので、すぐに容易には動けなかった。彼女の腕をやさしく解《ほど》くと自由になれた。彼女はそれでもまだすやすやと眠っていた。

私はベッドを出ると、バスローブを引っかけ、ドアのところまで行った。ドアは開けなかった。

「なんなんだ？　まだ寝てるのに」

「アレッサンドロ警部が署であんたに会いたがってる。今すぐ。ドアを開けろよ」

「悪いが、それはできない。ひげを剃ったり、シャワーを浴びたり、あれやこれやしなきゃならないんでね」

「ドアを開けるんだ。私はグリーン巡査部長だ」

「すまん、巡査部長。今開けることはできないが、署にはできるだけすぐ出向くよ」

「女と一緒なんだろ？」

「巡査部長、そういう質問は無礼きわまりないぞ。必ず行くから」

巡査部長が玄関の階段を降りる足音が聞こえ、誰かの笑い声がした。こんな声も聞こえた。「なかなか隅に置けないやつですね。休みの日なんか何してやがるんですかね」

パトカーが走り去った音がした。私はバスルームにはいり、シャワーを浴びてひげを剃り、着替えをした。ベティはまだ枕にしがみついていた。私はメモを書いて自分の枕の上に置いた。〝警察に呼ばれたんで行かなきゃならない。私の車がある場所はわかるよね？キーを置いていく〟。

そっと部屋を出て、ドアに鍵をかけた。〈ハーツ〉のレンタカーが停まっているところまで歩いた。キーが車内にあるのはわかっていた。リチャード・ハーヴェストのようなやつは車のキーなどに頓着《とんちゃく》しない。どんな車にでも合う鍵束をいつも持ち歩いているからだ。

アレッサンドロ警部は昨日とまったく同じ顔つきをしていた。いつもそうなのだろう。男がひとり一緒にいた。感情の読めない顔に陰険な眼をした年配の男だった。

アレッサンドロ警部はこのまえと同じ椅子を私に示した。制服警官が部屋にはいってきて、私のまえにコーヒーを置いた。その警官は部屋を出ていくときに、なにやら含みのある笑みを私に向けた。

「こちらはミスター・ヘンリー・カンバーランド。ノースカロライナ州ウェストフィールドからお越しだ。こっちはノース・カリフォルニアのマーロウ。どのような経緯でここまで来られたのかはわからないが、ミスター・カンバーランドはベティ・メイフィールドが彼の息子さんを殺したと言っておられる」

私は何も言わなかった。私から言えることは何もなかった。私はコーヒーを飲んだ。熱すぎた。それでも美味かった。

「もう少し説明をしていただけますか、ミスター・カンバーランド？」

「この男は何者だ？」声も顔と同じくらい鋭かった。

「ロスアンジェルスで仕事をしてるフィリップ・マーロウという私立探偵です。ここに来てもらったのは、ベティ・メイフィールドが彼の依頼人だからです。彼女についてはあなたはかなり厳しい考えを持っておられるようだが、マーロウにはまた別の考えがあるかもしれない」

「警部、私はどんな考えも持っちゃいないよ」と私は言った。「時々彼女をしめ上げるのが好きなだけで。それで気持ちがなんだか安らぐんだよ」

「きみは殺人犯に気持ちを安らげてもらってるのか？」とカンバーランドがいきなり私に吠えた。

「私は彼女のことを殺人犯だなどとは思ってなかったんでね、ミスター・カンバーランド。まるで初耳だ。説明してもらえませんか？」

「ベティ・メイフィールド――彼女の旧姓だ――と名乗ってる女は私の息子、リー・カンバーランドの妻だった。私が彼らの結婚を認めたことは一度もないが。戦時によくある愚行だった、彼らの結婚は。いずれにしろ、息子は戦争で首の骨を折り、脊柱を保護するために常に矯正器具をつけざるをえなくなった。ところが、ある夜、メイフィールドはその器具をはずして息子を罵倒し、わざと自分に襲いかかるように仕向けた。残念なことだが、息子は戦争から帰ってきて以来、深酒をするようになっており、ふたりのあいだには諍《いさか》いが絶えなかったのだが、その夜、息子は突進して転んでベッドに倒れ込んだ。その物音に私はふたりの部屋に行った。すると彼女が一生懸命、息子の首に矯正器具をつけようとしていた。息子はもう死んでいた」

私はアレッサンドロ警部を見やって言った。「ここの話は録音されてるのかな、警部？」

警部はうなずいて言った。「ひとことも洩らさず」

「わかりました、ミスター・カンバーランド。もちろん話はこれで終わりじゃないですよね？」

「もちろんだ。私はウェストフィールドじゃ影響力のある男だ。銀行を持っている。町一番の新聞社もたいていの産業も持っている。ウェストフィールドの人々はみな私の友人だ。私の義理の娘は殺人罪で逮捕され、起訴され、陪審は有罪の評決を出した」

「その陪審はみんなウェストフィールドの人たちですね、ミスター・カンバーランド？」

「そうだ。その何がいかん？」

「よくわからないけれど、話を聞いていると、ウェストフィールドはあなたの町のような気がします」

「私に生意気な口を利くんじゃない、若いの」

「すみません。話を続けてください」

「ノースカロライナ州には奇妙な法律がある。ほかにもそういうところはあるかもしれんが。普通の刑事裁判では、被告側弁護人が機械的に裁判官の指示による無罪評決を求め、その請求は自動的に却下される。ところが、私の州では裁判官がその裁定を評決が出るまで留保することができる。今回の裁判の裁判官は老いぼれで、陪審が有罪の評決を出すと、長々と演説を始めた。そして、私の息子は酔っぱらっており、怒りに任せ、妻を脅そうと矯正器具をはずしたのかもしれない、陪審はその可能性を考慮することを怠っているなどと言いおったんだ。さらに、夫婦仲がよかったとは言えないふたりのあいだにおいては、何が起きてもおかしくなかった、被告人は本人の主張どおり、矯正器具をつけ直そうとしていたのかもしれない、陪審はその可能性を考慮することも怠っている、などとほざきおった。それで評決は無効とされ、被告人は釈放になった。

私は彼女に言ったよ。おまえは私の息子を殺した、おまえが逃げられる場所などこの地球にはどこにもない、そのことを思い知らせてやるとな。それが今私がここにいる理由だ」

私は警部を見た。警部は何も見ていなかった。私は言った。「ミスター・カンバーランド、あなたの個人的見解がどうであれ、ミセス・リー・カンバーランド――私がベティ・メイフィールドとして知る女性――は裁判を受け、無罪判決を得たのです。あなたはそんな彼女を殺人犯だと言う。それは立派な名誉毀損です。百万ドルの訴訟になってもおかしくない」

彼はグロテスクな笑い声をあげた。「この虫けらが！」ほとんど叫び声になっていた。

「私の町に来るがいい。即刻浮浪罪でぶち込んでやる」

「これで百二十五万の訴訟になった」と私は言った。「私にはあなたの元義理の娘さんほどの値打ちはないんで」

カンバーランドはアレッサンドロ警部のほうを向いて言った。「ここじゃ何が起きてるんだ？　おまえらはみんな悪党なのか？」

「いや、今あなたが話しておられる相手は悪党ではなく警察官です、ミスター・カンバーランド」

「おまえがなんであろうと知ったことか」とカンバーランドは言った。もはや怒り狂っていた。「腐ったお巡りなどこれまでごまんと見てきた」

「それでも、ちゃんと確かめてからにしたほうがいい――相手を腐ったお巡りと呼んでいいかどうかは」とアレッサンドロはほとんど愉しむように言った。そして、煙草に火をつけて煙を吐き、煙の輪の中で笑ってみせ、さらに続けた。

「そう興奮しないで、ミスター・カンバーランド。あなたはどうやら心臓病患者のようだが、予後《よご》もよくないようですね。興奮するのはなによりよくない。いや、何、医学を学んだことがあるんですよ。でも、結局、警官になった。戦争のせいで勉強する気持ちがなくなったんです、たぶん」

カンバーランドは立ち上がった。顎に唾がついていた。首を絞められたような音を咽喉の奥から出して、うなるように言った。「これで片がついたなどと思うなよ」

アレッサンドロはうなずいて言った。「警察仕事で面白いのは、片がつくなどということは決してないことです。未解決事項が残るのが普通です。それもいっぱい。だいたいあなたは私に何がしてほしいんです？　裁判で無罪になった人物を逮捕してほしい？　その理由はあなたがノースカロライナ州のウェストフィールドという町の実力者だから？」

「私は彼女に言ってやったよ、おまえには安らぎなど二度と訪れないようにしてやるとな」カンバーランドはもはや自分をまるで抑えられなくなっていた。「この地の果てまで追いかけてやると。おまえの正体をみんなに知らせてやると！」

「その正体というのは、ミスター・カンバーランド？」

「私の息子を殺しておきながら、耄碌《もうろく》した判事によって釈放された殺人犯。それが彼女の正体だ！」

アレッサンドロ警部も立ち上がった。立つと六フィート三インチはある。「とっとと消えてくれ」と彼は冷ややかに言った。「あんたにはほとほと苛々《いらいら》させられる。商売柄、いろんなクソ野郎と会ってきたよ。その大半は貧乏で頭もよくないガキだ。十五歳の不良少年と同程度の馬鹿さと残忍さを備えた重要人物にお目にかかるのはこれが初めてだ。あんたはノースカロライナ州のウェストフィールドを所有してるのかもしれない。もしかしたら、それはただあんたがそう思い込んでいるだけなのかもしれない。いずれにしろ、私の町じゃ葉巻の吸い殻ひとつ持ってない。公務執行妨害で逮捕されるまえに大人しく出ていくことだ」

カンバーランドはよろよろとドアに向かい、ドアノブを手探りした。ドアは広く開いていたのに。アレッサンドロはそんな彼を見送り、ゆっくりと腰をおろした。私は言った。

「今はけっこう荒っぽい警官になってたね、警部」

「心が痛むよ。まあ、ひょっとして私の言ったことで彼が少しでも自分を見つめ直してくれたりしたら――いや、どうでもいいか！」

「そんなことをするタイプじゃないよ、あの男は。私はもう帰ってもいいかな？」

「ああ。ゴーブルは訴えないそうだ。今日のうちにもうカンザスシティに帰るだろう。リチャード・ハーヴェストについちゃ一応洗ってはみるが、それが何になる？　しばらくぶち込むことができたところで、同じような仕事のために雇えるあの手の輩はごまんといるんだから」

「ベティ・メイフィールドは？」

「確信はないが、彼女についてはおたくがもう対処したんじゃないのか？」と彼は感情をいっさい交えることなく言った。

「ミッチェルに何があったのかわかるまではまだだ」と私も感情を交えることなく言った。

「こっちにわかってるのは彼がいなくなったということだけだ。それだけじゃ警察仕事にはならない」

　私は立ち上がった。私たちは互いにいっとき見合った。同じ眼つきで。私は部屋を出た。

25

　彼女はまだ寝ていた。私が部屋にはいっても眼を覚まさなかった。寝息もたてず、おだやかな顔で寝ていた、幼女のように。しばらく彼女の寝顔を眺めてから、煙草に火をつけ、キッチンに行った。コテージ側が用意してくれている、安物店で売っている見かけばかりの薄っぺらなアルミのパーコレーターにコーヒーをセットして、部屋に戻り、ベッドに腰かけた。私が残したメモは車のキーと一緒にまだ私の枕の上にあった。

　私は彼女をそっと揺すった。彼女は開けた眼をしばたたいた。

「今何時？」そう言って、両腕を伸ばせるかぎり伸ばした。「まいったわね。死ぬほど寝ちゃった」

「そろそろ着替えをしてくれ。今、コーヒーの用意をしたよ。警察に行ってたんだ――要請されて。きみの義父、ミスター・カンバーランドが街に来てる」

　彼女は弾かれたように上体を起こすと、息を止めて私を見た。

「アレッサンドロ警部にとことん無視されてた。きみを傷つけることは彼にはできない。きみはそのことがずっと怖かったんじゃないのか？」

「彼は——彼はウェストフィールドで何があったのか話した？」

「彼はそれを話すためにわざわざやってきたのさ。ただ、怒りを抱えすぎていて、結局、墓穴を掘った。いずれにしろ、どういうことだったんだ？　きみはやってないよね？　それともやつが言ってるようなことをやったのか？」

「やってないわ！」と彼女は怒りもあらわに言った。

「たとえやっていたとしても問題にはならない——今となっては。しかし、昨夜の件については別だ。きみが関与してるのなら私はおよそ幸せな気分にはなれない。ミッチェルはどうやってきみが抱えてる問題を嗅ぎつけたんだ？」

「たまたまウェストフィールドかその近くの町にいたのよ。まったく、あのときには新聞という新聞が書きまくったもの。何週間も。だから彼にしてみれば、車内でわたしを見分けることなど、むずかしいことでもなんでもなかった。こっちじゃあまり報道されなかったの？」

「報道はしただろう、通常とは異なる法手続きが取られたということに関してだけでも。私は見落としたみたいだ。コーヒーの準備がそろそろできる。どうやって飲む？」

「ブラックで。ミルクだけじゃなくてお砂糖も要らないわ」

「よかった。実は砂糖もミルクもないんだよ。しかし、どうしてエリノア・キングなどという偽名を使ったんだ？　いや、答えなくていい。愚問だった。カンバーランドはきみの旧姓を知っていた。だろ？」

私はキッチンに行き、パーコレーターの蓋を取って、ふたつのカップに注ぐと、彼女のコーヒーを彼女のところまで持っていった。そのあと自分のコーヒーを手に椅子に坐った。眼が合い、ふたりはまた他人同士になった。

彼女はコーヒーを飲みおえると、カップを脇に置いて言った。「美味しかった。着替えをするあいだ、よそを向いていてくれる？」

「もちろん」私はテーブルの上のペーパーバックを取り上げ、読むふりをした。私立探偵が主人公の小説で、その探偵は、拷問の痕のある裸の女がシャワーカーテンのレールから吊り下げられているシーンこそ最高と思っているような男だった。そのことがわかったときにはベティはもうバスルームにはいっていた。私はペーパーバックをクズ入れに放った。捨てたいものは生ゴミでもなんでも一緒くたに放り込めるゴミの缶がなかったので。そのあと気づくとこんなことを思っていた、愛を交わせる女は二種類いると。ひとつは自分を完璧に相手に与えてしまうので、自分の体のことなど少しも考えないタイプ。もうひとつは自意識が強く、常にいくらかでも体を隠したがるタイプ。アナトール・フランスの小説にこんな女が出てきたのを思い出した。行為のときには必ずストッキングを脱ぐ女で、はいたままだとまるで娼婦になったような気分になるのだそうだ。まったくもって彼女は正しい。

バスルームから出てきたベティは今咲いたばかりのバラのようだった――化粧は完璧で、眼は輝き、髪も収まるべきところにきちんと収まっていた。

「ホテルまで送ってくれる？　クラークと話がしたいの」

「彼に恋してるのか？」

「わたしはあなたに恋してるんだと思ってたけど」

「あれは夜が求めたものだ」と私は言った。「無理やり意味を見いだすのはやめよう。コーヒーならキッチンにまだあるけど」

「ありがとう、でも、要らない、朝食のときまでは。あなたは誰かに恋したことはないの？　つまり、毎日でも毎月でも毎年でも一緒にいたいと思ったような相手はいないの？」

「さあ、行こう」

「こんなにタフな男性がどうしてこんなにやさしくもなれるの？」と彼女は言った。ほんとうに不思議そうに。

「タフじゃなければここまで生きてはこられなかった。そもそもやさしくなれないようじゃ、私など息をしている値打ちもないよ」

私は彼女がコートを着るのを手伝い、部屋を出て車まで歩いた。ホテルに戻る車中、彼女はひとことも話さなかった。私は今やすっかりなじんでしまった駐車スペースに車を停めた。そして、ポケットから折りたたんだ五枚の旅行小切手を取り出して、彼女に差し出した。

「これをやりとりするのはもうこれで終わりにしよう」と私は言った。「もうよれよれになってきてる」

彼女は小切手を見ただけで受け取ろうとはしなかった。「これはあなたの報酬だと思ってたけど」きつい口調でそう言った。

「議論はなしだ、ベティ。私はきみから金は受け取れない。それはきみにもよくわかってるはずだ」

「ゆうべのことがあるから？」

「ゆうべのことも何もない。ただ受け取れない。それだけだ。きみのためには何もしてないんだから。それよりこれからどうするんだ？　どこへ行く？　きみはもう安全なんだから、どこでも好きなところに行けばいい」

「まだ考えてない。何か考えるわ」

「ブランドンに惚れてるのか？」

「かもしれない」

「あの男は昔はやくざだった。で、ゴーブルを追い払うのにその筋の人間を雇った。その筋のやつは私をなんのためらいもなく殺しただろう。そんなやつを雇える男をほんとうに愛せるか？」

「女が愛するのは男そのものよ。男の人となりとかじゃなくて。それに彼は本気じゃなかったのかもしれない」

「さよなら、ベティ。私としては持てるものすべてを出し尽くしたつもりだったけれど、それでも足りなかったんだろう」

彼女はゆっくりと手を伸ばして、小切手を手に取った。「あなたって狂ってる。あなたはわたしがこれまで会った中で一番狂ってる人よ」そう言うと、彼女は車を降りて足早に歩き去った。いつものように。

26

ロビーを横切り、階上《うえ》にあがる時間を彼女に充分与えてから、私もロビーにはいると、館内電話でミスター・クラーク・ブランドンの部屋にかけた。ちょうどジャヴォネンが通りかかり、鋭い一瞥を放ってきた。結局、何も言わなかったが。

男の声が出た。ブランドンの声にちがいなかった。

「ミスター・ブランドン、私のことをあんたは知らないと思う。このまえの朝、エレヴェーターでたまたま一緒になりはしたが。名前はフィリップ・マーロウ、ロスアンジェルスの私立探偵で、ミス・メイフィールドの友達だ。もし時間がもらえるなら、あんたとちょっと話がしたい」

「きみのことは何か聞いたような気がするが、マーロウ、これから出かけなきゃならないんだ。今夜六時に一杯やるというのはどうかな？」

「もうロスアンジェルスに戻りたいんだよ、ミスター・ブランドン。時間は取らせない」

「わかった」と彼はむっつりと言った。「あがってきてくれ」

彼自身がドアを開けた。筋骨逞しい大柄な男だった。今まさに人生の絶頂期を迎えているといった風情で、強面でもヤワでもない。握手は求めてこなかった。脇にどいたので中にはいった。

「ここにひとりで住んでるのかな、ミスター・ブランドン？」

「そうだが。どうして？」

「これから話すことを誰かほかの人間に聞かれたくないんでね」

「だったらさっさと話して終わりにしてくれ」

彼は椅子に坐り、オットマンに足をのせると、金《きん》の吸い口の煙草に金《きん》のライターで火をつけた。豪勢なものだ。

「私は最初、ロスアンジェルスの弁護士に頼まれてここにやってきた。仕事はミス・メイフィールドのあとを尾《つ》けて、その行き先が確認できたら、それを報告するというものだった。仕事の理由はわからなかった。弁護士も知らないということだった。それでも、彼自身、ワシントンD・Cの世評の高い法律事務所から依頼されているということは教えてくれた」

「いずれにしろ、きみは彼女を尾行した。それで?」

「彼女はラリー・ミッチェルと連絡を取った。あるいは彼のほうから接触してきた。彼は彼女の弱みを握っていた」

「女の弱みにつけ込むのがあの男の特技だった」とブランドンは冷ややかに言った。「そういうことを専門にしていた」

「しかし、それももうできない?」

ブランドンは無表情な冷たい眼で私を見て言った。「それはどういうことかな?」

「彼にはそういうことも何もできない。もうこの世に存在していないのだから」

「彼はホテルの部屋を引き払い、車に乗ってどこかへ立ち去ったと聞いている。それが私とどういう関係がある?」

「ミッチェルがこの世からいなくなったことがどうして私にわかるのか。それは訊かないのか?」

「いいか、マーロウ」と言って、彼はいかにも馬鹿にしたように煙草の灰を落とした。「それは私がどうでもいいことだと思ってるからかもしれないだろ？　いいから少しは私に関わりがあることを話してくれ。さもなければすぐに出ていけ」

「私はここである男と関わった。まあ、関わっているということばが合っていればだが、ゴーブルという名の男と関わった。ゴーブルはカンザスシティの私立探偵で、それで何かが証明されるわけでもないが、少なくともそのように書かれた名刺を持っていた。こいつにはずいぶん悩まされた。しつこくつけまわされたんだ。本人はミッチェルのことをずっと話していたが、いったい何が狙いなのか、私には皆目見当がつかなかった。そんなとき、あんたが匿名の手紙をフロントデスクで受け取るところをたまたま見かけた。あんたはその手紙を何度も読み返した。さらに、誰がその手紙を届けたのかとフロント係に訊きもした。フロント係にもわからなかった。あんたは捨てた封筒を探すのにゴミ入れを漁りさえした。そのあとエレヴェーターで階上《うえ》にあがったときのあんたの顔はいかにも不幸せそうだった」

　ブランドンの態度にいくぶん余裕が失われだした。声にも棘が出てきた。

「きみはよけいなことに首を突っ込みすぎちゃいないかな、探偵さん。そういうことはあんまり考えないのか？」

「それは愚問だな。探偵稼業で食っていくのにほかにどんな方法がある？」

「まだ歩けるうちに首を引っ込めて出ていくとか？」

私は笑い飛ばした。それが癇《かん》に障《さわ》ったのだろう、すばやく立ち上がると、私の坐っているところまで足早にやってきて彼は言った。

「よく聞け、三文探偵、私はこの町じゃ大物だ。おまえみたいなけちくさい探偵風情にのさばられてたまるか。出ていけ！」

「私の話をほんとうに聞きたくないのか？」

「出ていけと言ったんだ！」

私は立ち上がった。「いや、悪かった。私はあんたと個人的に片をつけようと思っただけだ。あんたからなにがしかせしめようなどという魂胆《こんたん》などないよ——私はゴーブルとはちがう。私はそういうことはしない。だが、私の話を最後まで聞かずに私を叩き出すなら、アレッサンドロ警部のところに行かなきゃならなくなる。彼なら聞いてくれるだろう」

彼は立ったまま長いこと私を睨みつけた。そんな彼の顔に奇妙な笑みが浮かんだ。

「彼ならおまえの話も聞くだろう。それでどうなる？　私は電話一本で彼をどこかに飛ばすこともできる」

「いや、アレッサンドロ警部にかぎっては無理だ。彼はヤワなお巡りじゃないよ。今朝もヘンリー・カンバーランドを相手にタフなところを見せつけた。でもって、このヘンリー・カンバーランドというのが人にタフな真似をされるのに慣れてない男でね。どんなときにもどんなところでも。アレッサンドロは、侮蔑語を二言三言浴びせるだけで、そんなカンバーランドをまっぷたつにしちまった。そんな警官を電話一本で飛ばす？　いくら長生きしてもそれは無理だな」

「言うもんだな」と彼は言った。まだ笑っていた。「私もおまえみたいなやつを以前は知っていた。しかし、どうやらこの町に長く住みつきすぎた。おまえみたいなやつはいなくなるわけじゃない。そのことを忘れてたよ。いいだろう。聞こう」

彼は椅子に戻ると、シガレットケースから金の吸い口の煙草を取り出して火をつけた。

「吸うか？」

「いや、けっこうだ。あのリチャード・ハーヴェストというカスはまちがいだったな。こういう仕事をするにはちょいと力不足だった」

「ちょいとどころじゃないよ、マーロウ、まるで足りなかった。あいつは安物のサディストだった。かたぎの世界に長くいるとこうなる。判断を誤るようにな。ゴーブルみたいなやつなど、指一本触れないでも死ぬほどビビらせてやれたのに。きみの宿に連れていったんだと？　もう笑うしかない。ど素人もいいとこだ！　まあ、今のあいつはどんなことにも役立たずになっちまったがな。あとは鉛筆でも売るしかないな。飲むか？」

「あんたと私はそういう仲じゃないよ、ブランドン。最後まで話させてくれ。私がベティ・メイフィールドとコンタクトを取った夜——あんたが〈グラスルーム〉からミッチェルを追っ払った夜――ついでに言っておくと、あのときはなんとも手ぎわがよかったな――かなり遅くなって、ベティが私が泊まってる〈ランチョ・デスカンサード〉の部屋にやってきた。因みにあのコテージもあんたの持ちものなんだろ？　まあ、それはともかく、彼女はミッチェルが彼女の部屋のバルコニーの寝椅子に横たわって死んでると言った。そして、その死体の始末をしてくれたら、すごい礼をすると私に持ちかけてきた。私はこのホテルに戻って確かめた。しかし、バルコニーに死体などなかった。翌朝、夜勤の駐車場係に訊くと、ミッチェルは九つのスーツケースを車に載せてチェックアウトしたという。それまでの勘定をちゃんとすまし、一週間分の宿泊代を前払いして、自分の部屋を押さえていた。その同じ日、彼の車が乗り捨てられているのがロス・ペナスキートス渓谷で見つかった。見つかったのは車だけで、スーツケースはなかった。ミッチェル本人もいなかった」

ブランドンは鋭い視線を私に向けた。が、何も言わなかった。

「ベティ・メイフィールドは自分が何を怖れているのか私に打ち明けるのをどうして怖れたのか？　ノースカロライナ州ウェストフィールドで殺人罪で有罪評決を受けながら、その評決が裁判官によって覆されたからだ。ノースカロライナじゃ裁判官にそういう権限があって、その裁判では判事がその権限を行使したわけだ。その結果を受けて、彼女が殺したとされる夫の父親、ヘンリー・カンバーランドは彼女に宣告した、おまえがどこへ行こうと、おまえを追いかけ、平穏な暮らしなど二度とできないようにしてやると。そんな彼女が自分の部屋のバルコニーに男の死体を見つけたわけだ。警察の捜査が始まれば、すべてが明るみに出てしまう。彼女は怖れもし、混乱もした。そして、二度も自分に幸運が舞い込むわけがないと思った。実際、陪審は彼女を一度有罪にしているわけだからね」

静かな声音でブランドンが言った。「あいつは首の骨が折れていた。この部屋のバルコニーから落ちたのさ。彼女にあの男の首の骨が折れるわけがない。来てくれ。見せてやるよ」

私たちは陽の射すバルコニーに出た。ブランドンは外側の低い塀まで歩いた。私も歩き、塀から身を乗り出して下を見た。ベティ・メイフィールドの部屋のバルコニーに置かれた寝椅子が真下にあった。

「この塀は高さが充分あるとは言えない」と私は言った。「安心できるほど高くはない」

「そのとおりだ」と彼はむしろおだやかな声で同意した。「あの男がこんなふうに立っていたとしよう」――そう言って、彼は塀に背を向けて立った。塀のてっぺんはせいぜい彼の太腿の真ん中あたりまでしかなかった。ミッチェルもまた大男だった――「そのあと彼女を自分のほうに無理やりこさせたとしよう。彼女の体をつかめるように。彼女は彼を突き飛ばした。彼は塀を越えて下に落ちた。まったくの事故だった。弾みでたまたま落ちてしまったんだ。そうやって彼は首の骨を折った。まさに彼女の夫が死んだのと同じように。

パニックを起こした彼女を責められるか？」

「私は誰も責めてないよ、ブランドン。あんたのことさえ」

彼は塀から離れて海を眺めた。われわれはいっとき黙った。彼が振り向くのを待って私は言った。

「私は何も責めてない。あんたがミッチェルの死体を処分したこと以外は何も」

「ほう、どうすれば私にそんな芸当ができる？」

「あんたは何を置いても釣りが好きだ。この部屋にはきわめて丈夫な長い釣り糸が置いてあるはずだ。そもそもあんたは力が強い。ここからベティのバルコニーに降りて、ミッチェルの腋の下に釣り糸を巻きつけ、茂みのうしろの地面におろすぐらいなんでもない。そのあと彼のポケットから部屋の鍵を取り出し、彼の部屋に行ってドアを開けて、荷造りをすると、エレヴェーターか非常階段を使って駐車場までスーツケースを運んだ。三往復はしなきゃならなかったかもしれないが、あんたにしてみればたいしたことじゃない。スーツケースを車に積むと、車を出した。夜勤の駐車場係がマリファナ常習者であることは知っていた。そもそも何か見聞きしたとしても、駐車場係は何も話さないだろうということも。いずれにしろ、これはまだ夜明けまえのことだ。そう、駐車場係は時間について嘘をついたのさ。言うまでもない。あんたは、ミッチェルの死体を降ろした場所のできるだけ近くまで車を持ってきて、車に死体を乗せて、ロス・ペナスキートス渓谷をめざした」

ブランドンはユーモアのかけらもない笑い声をあげた。「ということは、私は今ロス・ペナスキートス渓谷にいるわけだ。そこにあるのは車と死体と九個のスーツケース。はてさて、私はそこからどうやって帰ってきたんだ？」

「ヘリコプターだ」

「誰がそれを操縦する？」

「あんただよ。ヘリコプターの規制は今はまだ甘い。すぐに厳しくなるだろうが。なにしろ数がどんどん増えてるからね。あんたはまずロス・ペナスキートス渓谷に一機向けるよう手配した。そのヘリコプターを操縦したパイロットは誰かに拾わせた。あんたほどの地位にいる人間なら、ブランドン、それくらい造作もないことだろう」

「そのあと私はどうした？」

「ミッチェルの死体と九個のスーツケースをヘリコプターに積み込み、海に向けて飛んだ。そして、海面近くでホヴァリングして、死体とスーツケースを海に捨てた。そのあとはヘリコプターがそもそも飛んできた場所に帰った。なんとも手ぎわのいい仕事だよ」

ブランドンはしわがれた笑い声をあげた。しわがれすぎた笑い声だった。無理があった。

「きみは私のことをこう思ってるのか、会ったばかりの娘のために自分にはなんの得にもならないことをする馬鹿だと。ほんとうにそう思っているのか？」

「ああ。よく考えてくれ、ブランドン。あんたは自分のためにやったんだよ。あんたはゴーブルのことを忘れてる。カンザスシティから来たゴーブルだ。あんたもカンザスシティの出だろ?」

「だとしたら?」

「どうもしない。話はそこで終わる。しかし、ゴーブルは物見遊山《ものみゆさん》でこっちにやってきたわけじゃない。さらにミッチェルを捜してたわけでもない。そもそもミッチェルとはグルだったんだから。ふたりは金鉱を見つけたつもりでいた。そう、あんたという金鉱を。ところが、ミッチェルは死んでしまった。そこでゴーブルはお宝をひとり占めしようと思った。が、所詮、トラに抗《あらが》うネズミみたいなものだった。それでもだ。ミッチェルがあんたの部屋のバルコニーから落下したことなど、あんたとしても誰にも説明したくなかった。警察に過去を詳しく調べられるのも避けたかった。あんたの過去が詳しくわかれば、警察はなおさらこう思うだろう、あんたがミッチェルをバルコニーの塀から突き落としたんじゃないかと。それを証明することはできなくても、そういうことがエスメラルダでのあんたの地位にどれほどの影響を及ぼすか」

彼はバルコニーの塀のところまで歩き、また戻ってくると、私のまえに立った。表情がまったく消えていた。

「マーロウ、きみを誰かに殺させることもできなくはなかった。だけど、ここで長く暮らすうち、奇妙なことに、私は昔の自分ではなくなってしまった。きみにはやられたよ。私には自分を守る術がない、きみを誰かに殺させる以外。ミッチェルは人間のクズだ。女を強請るとはな。きみの推理はすべてあたってる。それでも私は後悔はしてない。それと、これはあくまでひとつの可能性だが、もしかしたら、私はベティ・メイフィールドのために危ない橋を渡ったのかもしれない。もちろん信じてくれなくてもかまわない。あくまでひとつの可能性だ。さて、取引きだ。いくらだ？」

「なんの値段だ？」

「きみが警察へ行かない値段だ」

「それはもう話したよ。金は要らない。私は何があったのか知りたかっただけだ。で、だいたいのところ合ってたのかな？」

「だいたいどころじゃない、全部だ、マーロウ。全部合ってる。私はいつか警察にしょっぴかれてもおかしくない」

「ああ、もしかしたら。わかった、もうあんたの邪魔はしないよ。さっきも言ったけど、すぐにもロスアンジェルスに帰りたい。安い仕事のオファーがあるかもしれないしな。私も食っていかなきゃならないんでね。だろ？」

「最後は握手といくか？」

「いや、あんたは殺し屋を雇った。それだけでもうあんたは私が握手をする人種とは異なってしまった。あのとき勘が働かなかったら、私は今ここにはいない」

「あの男に誰かを殺させるつもりなどなかったよ」

「それでもあんたは殺し屋を雇った。それじゃ」

27

エレヴェーターを降りると、ジャヴォネンがいた。私を待っていたようだった。「バーにつきあってくれ」と彼は言った。「話したいことがある」

私たちはバーに行った。きわめて静かな時間帯だった。隅のテーブルについて坐った。ジャヴォネンが低い声で言った。「あんたは私のことをクソ野郎だと思ってるだろうな、だろ？」

「いや。あんたにはあんたの仕事があり、私には私の仕事がある。今回私の仕事はあんたには迷惑千万《めいわくせんばん》なものだった。だからあんたは私を信用しなかった。だからと言って、それでおたくがクソ野郎になるというものでもない」

「私はホテルを守ってる。あんたは誰を守ってる？」

「それがわかったためしがない。わかってるときにはいつも守り方がわからない。もたもたして、人にうるさがられ、こういう仕事には向かないんじゃないかとしょっちゅう思わされてる」

「ああ、アレッサンドロ警部から聞いたよ。立ち入ったことを訊くようだが、今回のような仕事だとどれぐらい稼げるんだ？」

「今回の仕事は普段の仕事とちょっとちがっていてね、少佐。実際のところ、一セントにもならなかった」

「ホテルとしてはあんたに五千ドル支払う用意がある——ホテルの利益を守ってくれたことについて」

「ホテルというのは、ミスター・クラーク・ブランドンのことか？」

「まあね。彼がボスだからね」

「いい響きだよ——五千ドルというのは。すごくいい響きだ。だからロスアンジェルスに帰る車中でずっと聞いてるよ」私は立ち上がった。

「小切手をどこに送ればいい、マーロウ？」

「警察官福祉基金に送ったら喜ばれるはずだ。警察官は安月給だからな。で、警察官は何かあったら、そこからなにがしか借りなきゃならない。ああ、警察官福祉基金に送ったらすごく喜ばれると思う」

「あんたにじゃなくて？」

「あんたは対敵諜報部隊の少佐だったんだよね。だったら甘い汁を吸うチャンスはいくらでもあっただろう。なのに今もあくせく働いてる。それじゃ」

「いいか、マーロウ、あんたは底抜けの馬鹿だ。ひとつ言っておくと――」

「何か言うなら自分に言うことだ、ジャヴォネン。自分というやつは常に熱心な聴衆だから。それじゃ元気で」

私はバーを出て、車に乗り、〈デスカンサード〉まで走り、荷物をまとめると、勘定をすませにオフィスに寄った。ジャックとルシールがいつもの持ち場にいた。ルシールは私に笑みを向けてきた。

ジャックが言った。「お勘定は要りません、ミスター・マーロウ。そう指示されています。ゆうべのことはほんとうに申しわけありませんでした。でも、大事にはならなかったんですよね？」

「勘定はいくらだ？」

「大した額じゃないです。たぶん十二ドル五十セントです」

私は金をカウンターの上に置いた。ジャックは私を見て怪訝《けげん》な顔をした。「今言いましたけど、お勘定はけっこうです、ミスター・マーロウ」

「どうして？　私はここに泊まったのに」

「ミスター・ブランドンが――」

「世の中にはいくら教えても学ばないやつがいるもんだな。会えてよかったよ、ふたりとも。領収書をくれ。必要経費になるんで」

28

ロスアンジェルスまで時速九十マイルを超すことはなかった。まあ、何秒間か百マイル出しはしたが。ユッカ通りのガレージに入れ、郵便受けを確かめた。何もなかった、いつものことながら。セコイア材でできた長い階段をのぼり、玄関のドアの鍵を開けた。変わったところはなかった。部屋はむっとして、面白みがなく、没個性的だった、いつもどおり。窓を二個所開け、キッチンで飲みものをつくった。カウチに坐って壁を見た。どこへ行って何をしようと、ここが私の帰ってくるところだ。無意味な家の無意味な部屋の何も飾られていない壁が。

一口も飲まずに飲みものをサイドテーブルに置いた。アルコールは今の癒《いや》しにはならない。何も癒しにはならない、誰にも何も求めない強い心以外は何も。

電話が鳴った。私は受話器を取って声だけ出した。「マーロウです」

「ミスター・フィリップ・マーロウご本人ですか?」

「はい」

「パリからお電話です。しばらくのちもう一度おかけします」

受話器をゆっくり置いた。そのとき手が震えていたような気がする。車のスピードを出しすぎたせいか、寝ていないせいか。

十五分後、また電話が鳴った。「パリからお電話です、ミスター・マーロウ。何か問題がございましたら、電話を短く切って交換手にお知らせください」

「リンダよ。リンダ・ローリング。覚えてるわよね、ダーリン？」

「どうすれば忘れられる？」

「元気？」

「疲れてる——いつものことながら。ちょうど今、疲れる仕事を終えたところなんだよ。きみは？」

「淋しい。あなたがいなくて淋しい。忘れようとしたんだけど。忘れられない。わたしたちが交わした愛は美しかった」

「一年半もまえのことだ。しかもたった一夜の。私はなんて言えばいいんだね？」

「あれ以来わたしは誰ともつきあってない。自分でもどうしてなのかわからないけど。この世に男性なんてごまんといるのに。それでもわたしはあれ以来今もあなたひとりよ」

「私のほうはそうでもなかったよ、リンダ。きみとはもう二度と会うこともないと思ってたんでね。それにきみが私にも一途でいるように望むとも思わなかったんで」

「ええ、望まなかった。今も望んでないわ。ただわたしは愛してるってあなたに言いたいだけ。結婚してって頼んでるだけ。あなたは半年と続かないって言った。でも、どうして試してみないの？　そんなこと誰にわかるの？――もしかしたら永遠に続くかもしれないでしょ？　わたし、あなたに懇願してるのよ。求める男を手に入れるために女はどれほどのことをしなくちゃいけないの？」

「知らないよ、そんなこと。どうすれば女には自分が男を求めていることがわかるのか、私にはそれもわからない。だいたいわれわれは住んでいる世界がちがいすぎる。きみは金持ちの女で、大事にしてもらうことに慣れすぎてる。私はくたびれた三文探偵で、将来性など皆無に等しい。きみの父上はそんな私の将来性さえないものにするだろう」

「わたしの父のことなど少しも怖がってないくせに。あなたは誰も怖がらない。なのにただ結婚することだけ怖がってる。父には人を見る眼がある。だからお願い、お願い、お願いよ。わたしは今〈リッツ〉に泊まってるんだけど、今すぐ航空チケットを送るわ」

私は笑った。「航空チケットを送るだって？　私をどんな男だと思ってる？　航空チケットなら私がきみに送るよ。それできみにも考えを変える時間ができる」

「でも、ダーリン、わたしに航空チケットを送る必要なんかないわ。わたしには――」

「ああ、もちろん。きみには航空チケットぐらい五百枚でも買える金がある。だけど、この航空チケットは私のチケットだ。要らないなら、来ないでくれ」

「行くわ、ダーリン、行きますとも。行ったらあなたの腕でわたしを抱いて。しっかり抱いて。わたしはあなたを所有したいんじゃない。そんなことは誰にもできない。わたしはあなたをただ愛したいのよ」

「私はここにいる。いつでも」

「あなたの腕でわたしを抱いて」

かちりという音がしたあと、ジーという音が聞こえ、最後には何も聞こえなくなった。

私は飲みものに手を伸ばし、からっぽの部屋を見まわした。いや、もうからっぽではなくなっていた。すらりと背の高い可愛い女がいた。寝室の枕の上には黒い髪があった。こっちに体を強く押しつけてくる女の柔らかで上品な香水の香りがあった。柔らかくてしなやかな女の唇も。ほとんど何も見ていない女の眼も。

電話がまた鳴った。私は言った。「はい？」

「弁護士のクライド・アムニーだ。きみからはまだ満足のいく報告書を受け取ってないが。私はきみに愉しい思いをさせるために金を払ったわけじゃない。正確で完璧な調査報告を今すぐ送ってもらいたい。エスメラルダに戻って以降、きみは何をしていたのか、正確で詳細な報告を求める」

「大人しい愉しみにちょっと浸ってただけだ――自分の金で」

いきなり声が鋭くなってひしゃげた。「ただちに完璧な報告書を提出するように。さもないと、きみの免許が取り消されるよう手をまわすぞ」

「ひとつ提案をさせてくれ、ミスター・アムニー。へらず口は当分ケツに突っ込んでおくことだ」

咽喉を絞められたような怒りの声が聞こえるなり、私は受話器を置いた。それとほぼ同時に電話が鳴った。

その音は私の耳にほとんど届かなかった。部屋にはすでに音楽があふれていた。

解説

堂場瞬一

私の書棚には「古典、ただしハードボイルドに限る」のコーナーがあり、ダシール・ハメット、レイモンド・チャンドラー、ロス・マクドナルドの「御三家」の作品は、ここにまとまって鎮座している。

今回、田口俊樹さんによる新訳版の解説を引き受けて、久しぶりにこのコーナーから、清水俊二さん訳の『プレイバック』を引っ張り出して新訳と比較してみたのだが、まあ、いろいろと考えることがあった。

特に、古典と言われる作品をどう将来に残すかについて、だ。実は私も、ある古典的な警察小説の新訳をしていたので、名作の残し方について、いろいろ考えさせられた次第である。

さて、まずは本作である。

ハードボイルドの定義というわけでもないが、「これが入っていると即座にハードボイルドになる」という重要な要素を挙げてみよう。あくまで堂場基準です。

①簡素で冷徹な文体。しかし比喩には凝《こ》る。②探偵のワイズクラック。③悪い女。④間抜け、あるいは異常に威張る警官ないし弁護士。⑤探偵は一度は殴られるか撃たれて危機に陥る。⑥必ずしも派手なアクションがあるわけではない。⑦一人称の場合が多い。それでも語り手の感情表現はできるだけ排する。⑧探偵は様々なことにうんざりしている。

いやあ、ハードボイルドは実に制約の多いジャンルである。「『ねばならぬ』がハードボイルドの真髄」という台詞《せりふ》を吐いた人がいたような気がするが……いずれにせよ、探偵が法律や暗黙の了解だけでなく、自分なりの規範に従って行動するパターンが多いので、様様な制約が生じてくるのは仕方ないのだろう。作家も、書いているうちに「ねばならぬ」に縛られてしまうのかもしれない。

そして『プレイバック』は、今私が挙げた要素をほぼ満たしている。チャンドラー＝ハードボイルドの典型とみなす人は多いと思うが、さもありなんと言える感じである（これもあくまで堂場基準での分析です）。

①は言わずもがな。ただしチャンドラーの文章は、「御三家」の他の二人、ハメットと

ロスマクに比べればややウェットで、英国味がある。②のワイズクラックは他の作品に比べれば控えめだが、当然健在で、皮肉も強め。③については、今回調査対象になったエリノア・キング＝ベティ・メイフィールドがそれに当たる。とにかくふらふらしている印象で、フィリップ・マーロウに厄介ごとの後始末を相談したりしているので、悪い女というより面倒臭い女という感じか。④はもう、頭から全開。依頼人の弁護士、クライド・アムニーが早朝から電話をかけてきて、傲慢《ごうまん》に仕事を依頼し、マーロウの怒りを買っている。ただし、怒っていてもワイズクラックで返すのがマーロウ流だ。⑤は今回は控えめ。その流れからかもしれないが、⑥アクションもほとんどない。⑦の一人称は言わずもがな。そして⑧もいつも通りである。

⑧については、「御三家」同士で比較してみると面白いとふと思った。

ハメットの『マルタの鷹』の主役、サム・スペイドは、物事を達観しているというか、斜めから見ているようなところがありながら、殺された友のためには必死で動くという、複雑な人間だ。ロスマクのシリーズ主人公、リュウ・アーチャーは何かと面白みがないと言われるが、それは仕事にも人生にも疲れきっているせいだろう。それが小説の枠を超えて、リアルな味を醸《かも》し出している。マーロウはこの二人の中間という感じだろうか。

ただしマーロウ、異常にタフなのは間違いなく、ネオ・ハードボイルドの探偵たちなら嘆いて仕事を放り出しちまおうか、と悩むような場面でも、結構フットワーク軽く、事件の暗部に踏みこんでいく。

それにしても『プレイバック』には、以前のチャンドラーの作品に見られる生気が薄い。マーロウのワイズクラックこそ健在だが、ストーリーには起伏が乏しく、キャラクターの味つけも薄い。全体に、非常に地味な印象だ。

チャンドラーは一九五四年に妻を亡くしており、『プレイバック』が刊行されたのは一九五八年。妻の死から立ち直っていたのかどうか、この作品からは「否」の印象を受ける。前作でもある名作『長い別れ』で迸《ほとばし》った才気があまり感じられないのは、やはり本調子ではなかったからでは、と想像してしまう。おそらくチャンドラーは、生活と切り離して作品を走らせるタイプの作家ではなかったのだろう。

そう考えても、チャンドラーの作品群の中で、本書の暗さと静けさは際立っている。

とはいえ、チャンドラーの代名詞とも言える抒情的な名台詞は本書でも健在だ。特に「しっかりしていなかったら、生きていられない～」（清水俊二訳）という、ハードボイルドの象徴のような名文は輝いている。我が海外ミステリの師・田口俊樹さんが令和の今、ここをどう訳したかは、ぜひ本文を読んでいただきたい。

全体的に、ぐっと現代的に、読みやすくなっている。

私の手元にある清水俊二さん訳の文庫は一九七七年発行だが、訳者による後書き「レイモンド・チャンドラーのこと」によると、ポケミスでの初版は一九五九年の刊行である。実に六十五年前だ。昭和三十四年と考えると、あまりにも昔の訳、と感じざるを得ない。

話し言葉は、ボキャブラリーやイントネーションも含めてどんどん変わっていくのに対して、小説の言葉の変化はそこまで速くないものの、六十五年前の訳となると、さすがに古さが滲《にじ》み出てしまう。

特に会話にそれが顕著で、「クリスチアン・ディオールですわ」と言われると、読むスピードが落ちてしまう。いや、別にディオールが嫌なわけではないのだが、今、語尾を「ですわ」で締める女性はいないだろう。

もちろん、「当時の翻訳はこんな感じだった」という記録として、貴重だとは思う。しかし私たち一般読者は、言語の変化を研究しているわけではない。自分たちが普段話し、書いている言葉に近い訳の方が、安心してスムーズに読めるのは間違いない。

というわけで、未来の読者が名作をハードル低く読めるように、数十年に一度は新訳を出してアップデートさせるべきだというのが、本書を読んでの私の結論だ。『プレイバック』に関しては村上春樹さんによる新訳（未読です）などが出ているが、令和の今、田口さん訳で改めて『プレイバック』を読める自分を幸せだと思う。

検印
廃止

訳者紹介 1950年生まれ、早稲田大学第一文学部卒。英米文学翻訳家。主な訳書、D・ハメット「血の収穫」、R・マクドナルド「動く標的」、R・チャンドラー「長い別れ」、B・テラン「その犬の歩むところ」、L・ブロック「死への祈り」他多数。

プレイバック

2024年4月26日　初版

著　者　レイモンド・チャンドラー

訳　者　田《た》　口《ぐち》　俊《とし》　樹《き》

発行所　（株）東京創元社
代表者　渋谷健太郎

162-0814/東京都新宿区新小川町1-5
電　話　03・3268・8231-営業部
　　　　03・3268・8204-編集部
URL　http://www.tsogen.co.jp
DTP　工友会印刷
暁印刷・本間製本

乱丁・落丁本は、ご面倒ですが小社までご送付ください。送料小社負担にてお取替えいたします。

ISBN978-4-488-13108-1　C0197

創元推理文庫

リュー・アーチャー初登場の記念碑的名作

THE MOVING TARGET◆Ross Macdonald

動く標的

ロス・マクドナルド 田口俊樹 訳

◆

ある富豪夫人から消えた夫を捜してほしいという依頼を受けた、私立探偵リュー・アーチャー。夫である石油業界の大物はロスアンジェルス空港から、お抱えパイロットをまいて姿を消したのだ！　そして10万ドルを用意せよという本人自筆の書状が届いた。誘拐なのか？　連続する殺人事件は何を意味するのか？　ハードボイルド史上不滅の探偵初登場の記念碑的名作。（解説・柿沼瑛子）

成長の痛みと爽快感が胸を打つ名作！

THE FABULOUS CLIPJOINT◆Fredric Brown

シカゴ・ブルース

フレドリック・ブラウン

高山真由美 訳 創元推理文庫

◆

その夜、父さんは帰ってこなかった――。
シカゴの路地裏で父を殺された18歳のエドは、
おじのアンブローズとともに犯人を追うと決めた。
移動遊園地で働いており、
人生の裏表を知り尽くした変わり者のおじは、
刑事とも対等に渡り合い、
雲をつかむような事件の手がかりを少しずつ集めていく。
エドは父の知られざる過去に触れ、
痛切な思いを抱くが――。
彼らが辿り着く予想外の真相とは。
少年から大人へと成長する過程を描いた、
一読忘れがたい巨匠の名作を、清々しい新訳で贈る。
アメリカ探偵作家クラブ賞最優秀新人賞受賞作。

警察小説の雄が描く組織の闇

HANDS OF SIN◆ Shunichi Doba

穢れた手

堂場瞬一

創元推理文庫

◆

ある事情を背負ったふたりの警察官には、
20年前に決めたルールがあった……。
大学と登山の街、松城市。
松城警察の警部補・桐谷は、収賄容疑で逮捕された同期で
親友の刑事・香坂の無実を確信していた。
彼がそんなことをするはずはない！
処分保留で釈放されたものの、
逮捕された時点で彼の解雇は決まっていた。
処分の撤回はできないのか？
親友の名誉を回復すべくたったひとり、
私的捜査を開始した桐谷。
組織の暗部と人間の暗部、
そして刑事の熱い友情を苦い筆致で見事に描いた傑作。